NOUVELLE BIBLIOTHÈQUE THÉATRALE

LES
AMOURS FORCÉS

PIÈCE EN TROIS ACTES

PAR

M. ADRIEN DECOURCELLE

Prix : 1 franc.

BIBLIOTHÈQUE NOUVELLE A 1 FRANC LE

FORMAT GRAND IN-16, CARACTÈRES NEUFS, PAPIER SATINÉ

DERNIÈRES NOUVEAUTÉS EN VENTE

PARIS
LIBRAIRIE NOUVELLE

BOULEVARD DES ITALIENS, 15, EN FACE DE LA MAISON DORÉE

1856

LES
AMOURS FORCÉS

PIÈCE EN TROIS ACTES

PAR

M. ADRIEN DECOURCELLE

REPRÉSENTÉE

POUR LA PREMIÈRE FOIS SUR LE THÉATRE DU VAUDEVILLE, LE 11 JUILLET 1856

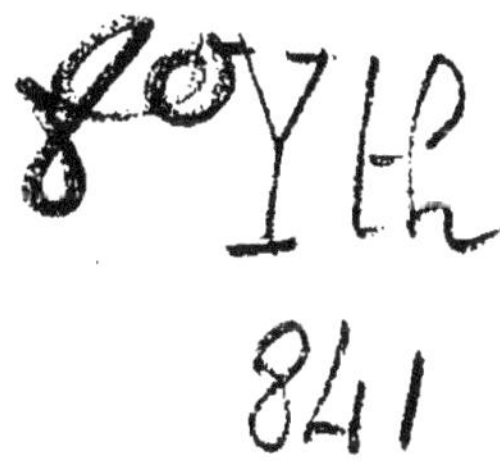

PARIS
LIBRAIRIE NOUVELLE

BOULEVARD DES ITALIENS, 15, EN FACE DE LA MAISON DORÉE

Représentation, traduction et reproduction réservées à l'étranger

1856

PERSONNAGES

GILBERT, pianiste.	MM. Félix.
MAURICE VERNON, peintre.	Munié.
EDGARD DE BELLEVUE.	Parade.
UN DOMESTIQUE.	Roger.
JEANNE BAUDOIN.	Mmes Fargueil.
Mme VERNON, mère de Maurice.	Chambéry.
MARIE, fille naturelle de Maurice.	Marie Dupuis.
Mme DEVARENNES.	Gabrielle.
JUSTINE.	Enjalbert.

La scène est de nos jours et se passe à Paris, au premier acte, chez madame
Devarennes; au deuxième et au troisième acte, chez Maurice.

LES AMOURS FORCÉS

ACTE PREMIER

Un petit salon. Table au milieu chargée d'albums. Au fond, un deuxième salon éclairé et rempli de monde.

SCÈNE PREMIÈRE.

MADAME DEVARENNES, EDGARD, GILBERT.

(Au lever du rideau, madame Devarennes est en scène. Elle regarde son bal avec complaisance. Edgard entre du fond en bâillant et en se détirant les bras.)

MADAME DEVARENNES.

Eh bien! monsieur de Bellevue, vous amusez-vous?

EDGARD, dissimulant ses bâillements.

Enormément, madame, énormément.

MADAME DEVARENNES.

J'ai de jolies danseuses, n'est-ce pas?

EDGARD.

Charmantes.

MADAME DEVARENNES.

Et de jolies toilettes?

EDGARD.

Délicieuses.

MADAME DEVARENNES.

Comment trouvez-vous ma robe?

EDGARD.

Ravissante.

MADAME DEVARENNES.

Oh! elle est bien simple, mais je la crois de bon goût.

EDGARD.

D'un goût parfait.

MADAME DEVARENNES.

Flatteur!

EDGARD, à part.

Le moyen de faire autrement!

GILBERT, entrant du fond avec beaucoup de peine. *

Pardon, mesdames, pardon. Ouf! je croyais que je n'en sortirais jamais.

MADAME DEVARENNES.

Qu'est-ce donc, monsieur?

GILBERT.

Oh! moins que rien, madame; un petit assaut que je viens d'être obligé de livrer pour arriver jusqu'ici.

MADAME DEVARENNES.

Mes bals sont si courus!...

GILBERT.

Et vos danseuses si énergiquement juponnées!... surtout là-bas, dans le premier salon, quatre petites femmes, hautes de ça, qui tiennent la place d'un omnibus.

MADAME DEVARENNES.

Il est vrai que les jupons ont pris un développement... mais il faut avouer que ça va bien.

GILBERT.

Je ne sais si ça va bien ou mal; mais, ce que je sais bien, c'est que ça ne peut pas durer longtemps comme ça.

MADAME DEVARENNES.

Pourquoi donc?

GILBERT.

Pourquoi? parce que, dans un Etat civilisé, il faut que tout soit en harmonie, même la mode. Or, en France, on est à l'étroit partout, dans les maisons, en voiture, au théâtre... A propos de théâtre, ah! j'ai bien ri l'autre soir à l'Opéra-Comique. Je me promenais dans un couloir, quand deux dames... très-développées, se présentent à la porte d'une loge... très-étroite. Elles commencent, naturellement, par faire retirer toutes les chaises; puis, après beaucoup d'efforts, la première de ces dames finit par pénétrer. La seconde veut en faire autant, mais impossible d'y parvenir. Alors, sous prétexte qu'elle est moins juponnée que la première, elle prie celle-ci de la laisser passer d'abord. La première sort, la seconde entre; mais alors, c'est au tour de la première à ne plus pouvoir rentrer...

MADAME DEVARENNES, riant.

Enfin?

GILBERT.

Enfin, après vingt tentatives inutiles, ces victimes de la jupomanie ont dû renoncer à la partie. D'où je conclus qu'il faudra bien que les jupons finissent par mettre de l'eau dans leur vin.

MADAME DEVARENNES, sortant.

Ah! ah! ah! c'est très-drôle!

* Madame Devarennes, Gilbert, Edgard.

SCÈNE II.

GILBERT, EDGARD. *

EDGARD.

Ah ! ah ! ah ! c'est très-drôle ! (Gilbert le regarde et ne répond rien.)

EDGARD, riant plus fort.

Ah ! ah ! ah ! n'est-ce pas, monsieur ?...

GILBERT.

Monsieur ?...

EDGARD.

Je dis que c'est très-drôle.

GILBERT.

Quoi ?...

EDGARD.

Ce que vous venez de raconter.

GILBERT.

Trop bon, monsieur. (Il descend à droite ; Edgard le suit.)

EDGARD.

Vous êtes comme moi, monsieur... (Gilbert le lorgne, et va se regarder à une glace avec épouvante.**) Je veux dire que vous venez chercher ici un peu de fraîcheur. (Gilbert ne répond pas.) Le fait est que, là-bas, il fait chaud.

GILBERT.

Très-chaud. (Il salue et passe à gauche.)

EDGARD.

Du reste, le bal est joli.

GILBERT.

Très-joli. (Même jeu. — Il va s'asseoir à la table.)

EDGARD, s'asseyant aussi.

Et il paraît bien composé. (Gilbert le regarde et ne répond pas.) Je dis : Il paraît... car je vous avouerai que je n'y connais personne.

GILBERT.

Ah !

EDGARD.

Et je serais bien aise d'être un peu renseigné... d'être un peu renseigné. (Gilbert se tait.) Il n'est pas très-liant, ce monsieur. (Un domestique présente un plateau à Edgard, qui prend la seule glace qui reste.) Merci. (Gilbert avance la main pour en prendre une aussi.)

LE DOMESTIQUE.

C'est la dernière, monsieur ; mais je vais en rapporter.

(Il sort.)

EDGARD.

Oh ! le temps de traverser deux fois... les jupons... vous attendrez longtemps, monsieur.

* Edgard, Gilbert.
** Gilbert, Edgard.

GILBERT.

J'attendrai.

EDGARD.

Il ne tient qu'à vous de ne pas attendre.

GILBERT.

Comment cela, monsieur ?

EDGARD.

Je puis vous céder ma glace... à une condition.

GILBERT.

J'ai la bouche très-sèche... laquelle ?

EDGARD.

C'est que vous voudrez bien me donner, en échange, les renseignements que je vous demandais tantôt.

GILBERT.

Esaü a vendu son droit d'aînesse pour un plat de lentilles ; je donne moins et je reçois plus... c'est marché conclu, monsieur.

EDGARD, lui donnant la glace.

Voici.

GILBERT.

Je suis à vos ordres.

EDGARD, se levant.

Je disais donc, monsieur, que je ne connais personne ici... Or, comme je fais mes débuts dans le monde, comme j'ai à placer... mon cœur... ou ma main... je serais bien aise de connaître un peu la galerie :

GILBERT.

Interrogez. (Ils remontent.)

EDGARD, désignant des personnes à la cantonade.

Et d'abord, quelle est cette jolie blonde qui sourit à son danseur d'une façon si charmante ?

GILBERT.

C'est la femme d'un vaudevilliste, et son danseur est un critique influent.

EDGARD.

Tiens ! je croyais qu'auteurs et journalistes se détestaient cordialement.

GILBERT.

Quelle erreur !... Ils s'adorent, monsieur, ils s'adorent !...

EDGARD.

Et cette belle dame, qui passe avec ce gros petit vilain monsieur ?

GILBERT.

Cette belle dame est une dame de charité ; ce gros petit vilain monsieur est charitable, par vanité, et la dame se promène avec le monsieur au profit des malheureux.

EDGARD.

C'est très-bien, cela ! (A part, en se boutonnant). Une dame de cha-

rité... se méfier. (Haut.) Et cette belle personne si élégante, si
gracieuse?... est-elle mariée? est-elle veuve?

GILBERT.

Madame Delaunay... Elle n'est pas veuve, et c'est à peu près
comme si elle l'était; elle est mariée, et c'est à peu près comme
si elle ne l'était pas.

EDGARD.

Je ne comprends pas bien.

GILBERT.

Je veux dire qu'elle est séparée de son mari.

EDGARD.

Très-bien! Il y a peut-être quelque chose à faire de ce
côté-là.

GILBERT.

Il n'y a rien à faire du tout.

EDGARD, avec mépris.

Ah!... elle est... sage?...

GILBERT.

Très-sage... Elle a un amant... mais ce n'est pas vrai.

EDGARD.

Comment! elle a un... et ce n'est pas... Vous aurez voulu
dire : Le bruit court qu'elle a un amant, mais...

GILBERT.

Du tout; j'ai bien formulé ma pensée.

EDGARD.

Alors, je ne comprends pas.

GILBERT.

La vérité est que monsieur de Cerny est avec elle du dernier
bien; mais, comme elle ne s'est jamais compromise, comme
il serait impossible de fournir la preuve de cette liaison, on
peut bien dire, tout bas, que madame Delaunay a un amant,
mais elle peut répondre, tout haut, que ce n'est pas vrai...
Est-ce clair?...

EDGARD, qui n'a pas compris.

Oui... oui. Et son danseur?...

GILBERT.

Son danseur est un pauvre diable qui, depuis dix ans, a hérité de quatre oncles millionnaires.

EDGARD.

Et vous le traitez de pauvre diable?

GILBERT.

Sans doute; les héritages, monsieur, sont la ruine des petits
jeunes gens... On s'en fait une habitude, on compte dessus, on
les mange, à mesure qu'ils arrivent, en se disant : Bath ! j'ai
encore mon oncle un tel. Et, un beau jour, on apprend que
l'oncle un tel est mort, en laissant son bien à sa cuisinière. Or,
si on n'avait pas eu d'oncles à succession, on n'aurait pas pris
l'habitude de jeter l'argent par les fenêtres; d'où je conclus que

les oncles millionnaires sont la ruine des petits jeunes gens.

EDGARD.

Le paradoxe est ingénieux et je le méditerai... chez moi... Mais connaissez-vous cette jolie dame, là-bas, la troisième à gauche ?

GILBERT.

Ah! ah!... madame Baudoin; autre femme séparée de son mari.

EDGARD.

Ah! c'est elle... J'ai beaucoup connu le mari au collége... C'était un enfant... bien désagréable.

GILBERT.

Il n'a fait que croître... dans ce sens-là. Quant à sa femme, je ne pense pas qu'elle figure jamais sur le calendrier.

EDGARD, avec intérêt.

Ah! et... qui vous fait supposer...

GILBERT.

Tout et rien... son regard, son air, un pressentiment.

EDGARD.

Ah! mais je crois que vous avez raison... Voyez donc... elle et son danseur...

GILBERT. *

Eh bien?

EDGARD.

Ils se parlent très-bas, et ils se regardent d'une façon...

GILBERT.

C'est ma foi vrai! voyez-vous, ce scélérat de Vernon!...

EDGARD.

Il s'appelle Vernon?

GILBERT.

Maurice Vernon.

EDGARD.

Le peintre?

GILBERT.

Lui-même.

EDGARD.

Un beau talent!

GILBERT.

Oui, un bel avenir, surtout; car il est jeune, laborieux...

EDGARD.

Pardon... Laissons là la peinture et continuons.

GILBERT.

Pardon à mon tour. Ma glace est finie, monsieur, et je crois l'avoir suffisamment payée. (Saluant.) Monsieur...

(Il remonte.)

* Edgard, Gilbert.

EDGARD, *remontant.*

Monsieur... Ah! une dernière question, monsieur... Oh! la dernière!

GILBERT.[*]

Allons, faites vite.

EDGARD.

Vous, monsieur, qui avez été si complaisant pour moi, vous qui m'avez fait la biographie de ce salon avec tant de facilité... qui êtes-vous, monsieur?...

GILBERT, *riant.*

Eh bien, à la bonne heure, vous êtes complet, vous! Monsieur, je m'appelle Gilbert!

EDGARD.

Gilbert?... Est-ce votre prénom ou votre nom de famille; car...

GILBERT.

L'un et l'autre, monsieur! attendu que je n'ai jamais eu de famille ni de parrain.

EDGARD.

Ah! monsieur est...

GILBERT.

Oui, monsieur. (Jeu de scène.) Vous me voyez désolé de ne pouvoir vous donner de plus amples renseignements sur mes parents; mais, en vérité, ce n'est pas ma faute. Passons à ma position : ma fortune est colossale et impérissable... attendu que je n'ai aucun besoin... Quant à mon caractère, il est de la même nature que les miroirs grossissants... Avec les bons, je suis excellent; avec les méchants, je suis insupportable; avec les imbéciles... je suis... ou plutôt je ne suis pas du tout... attendu que je les fuis comme la peste... Adieu, monsieur. (Revenant.) Ah! pardon; j'oubliais de vous dire que je suis professeur d'harmonie et de piano, et que je demeure rue des Bons-Enfants, vingt-quatre, au troisième... mais je ne suis jamais chez moi... Adieu, monsieur...

(Il remonte.)

EDGARD.

Quel drôle de corps! C'est égal, il est bien aimable.

SCÈNE III.

Les Mêmes, MADAME DEVARENNES, MAURICE, JEANNE.[**]

(Madame Devarennes entre de droite. Maurice paraît au fond avec Jeanne, à qui il donne le bras.)

MADAME DEVARENNES.

Eh bien! ma chère belle, vous amusez-vous?

[*] Edgard, Gilbert.
[**] Madame Devarennes, Jeanne, Maurice, Edgard.

JEANNE.

Comment donc !

MADAME DEVARENNES, à Maurice.

J'ai de jolies danseuses, n'est-ce pas ?

MAURICE, regardant Jeanne.

Charmantes !

MADAME DEVARENNES, à Jeanne.

Votre toilette est délicieuse.

JEANNE.

Madame...

MADAME DEVARENNES.

Et la mienne, comment la trouvez-vous ?

JEANNE.

Ravissante.

MADAME DEVARENNES.

Oh ! elle est bien simple, mais je la crois de bon goût.

JEANNE.

D'un goût parfait.

EDGARD, à part.

Elle se répète, cette bonne dame.

(Madame Vernon paraît à gauche. Jeanne et Maurice remontent vers le fond à droite. Edgard fait quelques pas pour suivre Jeanne.)

MADAME DEVARENNES.

Votre bras, monsieur de Bellevue.

EDGARD, à part.

Que le diable l'.... Au fait, elle pourra me présenter à madame Baudoin... (Haut.) A vos ordres, belle dame.

(Il sort avec madame Devarennes.)

SCÈNE IV.

MADAME VERNON, GILBERT. *

(Madame Vernon suit des yeux Jeanne et Maurice qui s'éloignent.)

GILBERT.

Eh bien, madame Vernon, vous n'avez pas l'air de vous amuser prodigieusement.

MADAME VERNON.

Ce n'est pas que je m'ennuie, mon cher Gilbert, mais je suis un peu triste, un peu inquiète.

(Elle s'assied à gauche.)

GILBERT.

Vous ! la femme la plus heureuse et la plus enviée de tout Paris.

MADAME VERNON.

Oui, Gilbert, je suis une mère privilégiée ; j'aime ma fille

* Madame Vernon, Gilbert.

de toute mon âme, et la chère enfant me le rend bien... Mais
elle est mariée, Gilbert, elle se doit au monde, à son mari ;
elle a dû me quitter pour le suivre, et cette séparation m'a été
bien pénible.

GILBERT.

Cela se comprend ; mais il vous reste un fils, un bon fils,
qui vous aime et dont vous devez être fière.

MADAME VERNON.

Sans doute ; Maurice est un bon, un excellent cœur, mais,
depuis quelque temps, il n'est plus tout à fait le même ; lui,
qui ne me quittait que bien rarement, c'est à peine si je le
vois quelques instants ; puis, il est sans cesse agité, préoccupé ;
enfin, l'autre jour, il m'a donné à entendre qu'il allait peut-
être partir pour l'Italie.

GILBERT.

Un peintre, cela n'a rien de bien étonnant.

MADAME VERNON.

C'est vrai, mais il m'a dit cela d'un air si contraint, si em-
barrassé... Puis, il a ajouté, en balbutiant, qu'il se pourrait
qu'à son retour, il fût obligé de quitter la maison, sous prétexte que son atelier était trop sombre, trop petit. Enfin, de
mauvaises raisons.

GILBERT.

Quelle conclusion tirez-vous de tout cela ?

MADAME VERNON, se levant.

J'ai bien peur qu'il n'y ait de l'amour sous jeu.

GILBERT.

Et quand cela serait ? vous auriez une fille de plus, maman
Vernon, et des petits-enfants... à satiété !

MADAME VERNON.

Non, Gilbert ; j'aurais un fils de moins, au contraire. Car, si
mes craintes sont fondées, celle qu'il aime est mariée.

GILBERT.

Mariée ? Et vous la connaissez ?

MADAME VERNON.

Jusqu'à présent, je n'avais fait que l'entrevoir, un jour qu'elle
sortait de l'atelier de Maurice, où elle venait pour son portrait.
Ah ! il a été bien long à finir, ce portrait-là !... Enfin, ce soir,
ici, je l'ai reconnue ; j'ai questionné madame Devarennes, qui
m'a appris son nom, sa position.

GILBERT.

Et on la nomme !

MADAME VERNON.

Jeanne Baudoin... Elle est séparée...

GILBERT.

Je connais cette histoire.

MADAME VERNON.

Quant à Maurice, il a l'air très-empressé auprès d'elle... Vous qui êtes de sang-froid, Gilbert, observez-les vous-même, tâchez de savoir de Maurice la vérité, et Dieu veuille que je me sois trompée. Car, toute charmante et distinguée qu'elle soit, cette femme me fait peur, et quelque chose me dit qu'elle sera fatale à mon fils.

GILBERT.

Rassurez-vous, madame Vernon; on observera, on interrogera, et si Maurice a du plomb dans le cœur, on le lui extraira, séance tenante; car je suis comme vous, cette petite femme-là ne me dit rien de bon.

MADAME VERNON.

La voici... Toujours avec Maurice, vous voyez.

GILBERT.

Laissez-moi faire.

(Madame Vernon remonte. Maurice et Jeanne arrivent du fond à droite où ils viennent de danser. Ils se saluent et descendent en scène, l'un à droite, l'autre à gauche; Edgard suit Jeanne à distance.)

MADAME DEVARENNES, entrant.*

Il fait bien chaud, n'est-ce pas?

JEANNE.

Pas trop.

MADAME DEVARENNES.

J'ai tant de monde, mes bals sont si courus!...

MAURICE.

Ça se comprend, madame.

MADAME DEVARENNES.

Flatteur! Je vais vous envoyer des sorbets.

(Elle sort.)

MAURICE, bas, à Gilbert, en désignant Edgard et quelques personnes qui sont au fond.

Tâche donc d'éloigner tout ce monde-là.

GILBERT.

Tu as à me parler.

MAURICE.

Non.

GILBERT.

Alors, pourquoi?...

MAURICE.

Je te le dirai.

GILBERT, regardant Jeanne, à part.

Je comprends. (Haut.) Ah! voilà l'Alboni qui va chanter. (Les invités rentrent dans le deuxième salon. — A Edgard.) Venez-vous l'entendre, monsieur?...

EDGARD, désignant Jeanne.

C'est que je voudrais tâcher de...

GILBERT.

Elle vous a déjà remarqué; je vais vous conter ça.

* Gilbert, Maurice, madame Devarennes, Jeanne, Edgard.

EDGARD.

Il se pourrait ! (Prenant le bras de Gilbert et remontant.) Ce monsieur est charmant pour moi.

MAURICE, bas, à Gilbert.

Merci.

GILBERT, à part.

Toi, je ne te perds pas de vue.

SCÈNE V.

MAURICE, JEANNE. *

MAURICE, se rapprochant vivement de Jeanne.

Enfin, nous sommes seuls, et je puis permettre à mes regards et à ma voix de ne plus mentir, je puis vous voir, vous admirer à mon aise et vous dire...

JEANNE.

Prenez garde, quelqu'un peut entrer.

MAURICE.

Oui, vous avez raison ; il faut feindre, toujours feindre devant le monde.

JEANNE, s'asseyant à droite.

Qu'y faire ?

MAURICE.

Je pourrais m'efforcer de vous traiter avec indifférence dans les salons, si, du moins, je pouvais ailleurs vous voir librement ; mais il n'en est rien.

JEANNE.

Est-ce ma faute, si je ne suis pas libre ?

MAURICE.

Non, sans doute. Mais si vous m'aimiez comme je vous aime, nous nous verrions plus souvent.

JEANNE.

Comment ? Je n'ai plus le prétexte de mon portrait ; puis, je sors peu... J'y suis contrainte, vous le savez ; et, demeurant chez ma mère...

MAURICE.

Qui vous force à y rester ? N'êtes-vous pas la maîtresse de vos actions ?

JEANNE.

Oui ; quand mon mari m'a quittée, rien ne m'empêchait de vivre seule ; mais, ne l'ayant pas fait, quelle raison donnerais-je à ma mère et que dirait le monde de cette séparation ?... Vous voyez bien qu'il faut nous résigner.

MAURICE.

Cependant, je connais un moyen...

* Maurice, Jeanne.

JEANNE.

Lequel ?

MAURICE.

Je vous en ai déjà parlé... mais, pour l'accepter, il faudrait m'aimer beaucoup, et par malheur...

JEANNE. *

Dieu ! que vous êtes méchant de me faire toujours ce reproche, que je ne mérite pas. Ah ! Maurice, si vous saviez quelles impatiences, quels ennuis, quel désespoir me prennent parfois, quand je suis là, seule, chez ma mère, femme sans époux, et n'ayant plus ce qui donne patience et courage aux jeunes filles : l'espérance à l'horizon... Ah ! je m'ennuie bien, allez, et je suis bien malheureuse !

MAURICE.

Eh bien ! puisqu'il en est ainsi, il faut réaliser ce projet que vous avez toujours repoussé.

JEANNE, avec un peu d'impatience.

Mais quel projet ?... Nous en avons tant formé d'irréalisables et auxquels il a toujours fallu renoncer !

MAURICE.

Ce voyage...

JEANNE, lentement, se levant.

Ah ! oui... un voyage en Italie. (Soupirant.) Mais, quand vous m'en avez parlé, je vous ai déjà répondu...

MAURICE, il lui prend le bras après s'être assuré qu'ils sont seuls.

Vous m'avez mal compris, Jeanne, ou je me suis mal expliqué. Laissez-moi vous développer toute mon idée. D'abord, vous feindriez pendant quelque temps d'être souffrante... de la langueur, des insomnies... puis, vous témoigneriez, peu à peu, le désir de voyager, de voir la Suisse, l'Italie.

JEANNE, souriant, et comme à elle-même.

Il vaudrait mieux n'en pas souffler mot et amener mon médecin à m'ordonner lui-même ce voyage.

MAURICE.

Parfait !... Alors, en employant la prière et la persuasion auprès de votre mère...

JEANNE, de même.

Il faudrait, plutôt, feindre un peu de répugnance et avoir l'air de ne céder qu'à son désir... Mais cela est un détail... Ensuite ?

MAURICE.

Vous partez seule, avec Justine, qui sait notre secret et nous est toute dévouée. Moi, j'ai pris les devants ; je suis allé vous attendre dans une bourgade bien inconnue, bien éloignée des grandes routes ; et, là, pendant toute une saison, Jeanne, nous oublions tout ; vous, vos malheurs, et moi, le monde entier !

* Jeanne, Maurice.

JEANNE.

Tout cela est assez séduisant et n'est pas impossible... Pourtant...

MAURICE.

Oh ! mais cela n'est rien encore. D'Italie, vous écrivez sans cesse à votre mère que le mouvement, la distraction agissent sur votre santé comme par enchantement ; puis, vous insinuez qu'une vie par trop sédentaire et monotone a dû seule causer votre mal, qu'il serait peut-être déraisonnable, imprudent de vous replacer ensuite dans les mêmes conditions...

JEANNE.

Ce serait un peu transparent ; mais continuez.

MAURICE.

Enfin, vous faites si bien, qu'un jour, votre mère vous supplie, dans une lettre, de reprendre, à votre retour, et la vie du monde et votre liberté. Alors, Jeanne, ce ne sera sans doute pas encore le bonheur absolu que je voudrais ; mais, du moins, ce ne sera plus cette atmosphère de contrainte incessante, de projets, de désirs, d'aspirations toujours déçus ; ce ne sera plus cet enfer où nous vivons !

JEANNE.

Vous avez de l'imagination, vous.

MAURICE.

Eh bien ?...

JEANNE.

Votre plan pèche encore un peu, dans les détails ; mais il y a du bon.

MAURICE.

Ce plan, voulez-vous l'achever ?

JEANNE.

On vient. (Elle s'éloigne un peu.)

MAURICE, bas.

Oh ! dites oui.

JEANNE, de même.

J'y songerai.

SCÈNE VI.

LES MÊMES, GILBERT, EDGARD. *

GILBERT, à part.

Encore ensemble.

MAURICE, à Jeanne.

Madame veut-elle me faire l'honneur...

GILBERT, se plaçant entre eux. **

Madame, permettez-moi de vous présenter monsieur Edgard

---

* Jeanne, Maurice.
** Jeanne, Edgard, Gilbert, Maurice.

de Bellevue, qui me prie de lui négocier cette valse avec vous.

MAURICE.

Mais je...

GILBERT, bas.

J'ai à te parler. (Haut, à Jeanne.) Vous ne répondez pas, madame.

JEANNE.

Monsieur Vernon vient de me la demander, monsieur.

GILBERT.

C'est qu'il aura oublié qu'il a invité sa sœur.

MAURICE.

Moi ?

GILBERT, bas.

Quand je te dis que j'ai à te parler.

MAURICE, contrarié.

En effet, je l'avais oublié.

JEANNE, à Edgard. *

Alors, monsieur, j'accepte.

EDGARD.

Oh ! madame, cette soirée sera le plus beau jour de ma vie.
(Edgard remonte avec Jeanne et disparait dans les salons.)

GILBERT, à part.

Serait-ce le neveu de monsieur Prudhomme ?

SCÈNE VII.

GILBERT, MAURICE. **

MAURICE.

Ah çà ! me diras-tu...

GILBERT.

Maurice, j'ai à te parler de choses sérieuses.

MAURICE.

Tu aurais pu mieux choisir ton temps.

GILBERT.

J'ai justement voulu te parler, ici, avant que la soirée fût
plus avancée, parce que la valse, la musique, le punch et le
champagne nous entraînent souvent à des folies qu'on regrette
le lendemain... et je crois que ton cœur est en train de te conseiller une sottise.

MAURICE.

Qui te fait supposer...

GILBERT.

Maurice, jure-moi que tu n'es pas amoureux de madame
Baudoin !

* Jeanne, Edgard, Maurice, Gilbert.
** Maurice, Gilbert.

MAURICE, souriant.

Je te jurerai le contraire, tant que tu voudras.

GILBERT.

Ainsi, tu l'aimes ?

MAURICE.

Oui, je l'aime.

GILBERT, s'asseyant.

Tant pis.

MAURICE, s'asseyant.

Pourquoi ?

GILBERT.

D'abord, cette dame a une physionomie qui n'indique ni la franchise, ni la bonté.

MAURICE.

Oh ! toi, d'abord, tu trouves que toutes les femmes sont mauvaises.

GILBERT.

En effet, généralement je me défie des dames ; excepté pourtant au piquet... quand j'en ai quatre... Ensuite, une femme séparée de son mari...

MAURICE.

Parbleu ! un joueur, un débauché qui l'aurait mise sur la paille, et qui, je crois, la battait, par-dessus le marché.

GILBERT.

Admettons qu'elle soit mal tombée ; elle n'en est pas moins dans une position pénible, exceptionnelle, qui rendra vos relations difficiles, presque impossibles ; à moins que vous ne vous jetiez dans le scandale... ce qui serait pire encore.

MAURICE.

Pour elle, peut-être...

GILBERT.

Pour toi-même... car, en toute chose, il faut considérer la fin : avec les jeunes filles, le dénoûment, c'est le mariage... avec les grisettes, la fin, c'est une rupture au bout du mois, quand cette rupture n'a pas eu lieu le lendemain... Avec une veuve, le dénoûment est facultatif... Tandis qu'une liaison avec une femme comme madame Baudoin, quand, comment cela peut-il finir ? Comment pourras-tu la quitter, cette femme, que tu ne peux épouser, qui t'aura sacrifié son honneur, sa réputation, et dont tu te seras fait le complice... D'ailleurs, que deviendrait-elle ? elle tomberait encore plus bas.

MAURICE.

Qui te parle de la quitter ?

GILBERT, se levant.

Quoi ! de gaieté de cœur, tu te jetterais dans les chemins de traverse, quand la grande-route est si belle devant toi ! Libre, tu te ferais esclave à plaisir !... Mais c'est absurde, mais c'est inepte, — mais je vais t'envoyer mes témoins ! (Se rasseyant.)

2.

Puis, tu oublies une chose, Maurice... c'est que, dans ta première jeunesse, tu as déjà contracté une liaison, qui, à t'entendre, devait durer six mois et que la mort seule a pu briser. De cet amour est né une fille qui, bientôt, sera une femme ; trouves-tu donc que cette enfant ne t'impose aucun devoir ? Prends garde, Maurice, tu as déjà un pied dans le treizième arrondissement ; laisse-toi aller à cette passion, et bientôt tu y seras jusqu'aux épaules. (Ils se lèvent.)

MAURICE.

Qu'est-ce que tu me chantes avec ton treizième arrondissement ?

GILBERT.

Le treizième arrondissement est une espèce d'île d'amour, au milieu de l'océan parisien. Cette île, très-fréquentée, du reste, est entourée de tous côtés par la contrainte, l'ennui, la misère et le mépris des honnêtes gens. L'imprévoyance de l'avenir, la passion vous y conduisent ; on se dit : « Je romprai quand je voudrai. » Mais la faiblesse ou l'habitude, la ruse ou la pitié, l'honneur même vous y retiennent... On soulève bien parfois sa chaîne, mais c'est pour retomber ensuite plus enchaîné, plus esclave... Alors, on roule jusqu'au fond de l'abîme, on y végète, on y meurt. A moins qu'on n'en sorte par un mariage ridicule... Et voilà, mon cher ami, dans quel bourbier tu veux te jeter.

MAURICE.

Gilbert !

GILBERT.

Voyons, Maurice, il en est temps encore. Songe à ta mère, à ta fille ; songe à cette femme elle-même, songe à son avenir, à sa réputation ; et si tu es un homme de cœur et de bon sens, tu la sauveras et tu te sauveras toi-même.

MAURICE.

Oui, tu as raison, Gilbert, mille fois raison... mais si tu savais comme je l'aime !

GILBERT.

Ça se passera, Maurice, et tu me remercieras plus tard... Allons, un bon mouvement !

MAURICE.

Eh bien !... eh bien ! oui, je renoncerai à elle... (Mouvement de Gilbert.) J'y renonce... mais il faut que je la voie une dernière fois... il faut, au moins, que je lui explique...

GILBERT.

Soit, mais tout de suite, alors ; la voici.

MAURICE.

C'est que...

GILBERT.

Oh ! pas de mauvais prétexte... Il faut en finir... il le faut !...

Allons! sois un homme! (A Edgard qui entre sur les pas de madame Baudoln.) Pardon, monsieur; un mot.

(Il lui prend le bras et l'emmène avec lui.)

JEANNE, à elle-même.

Décidément, plus j'y réfléchis, plus ce voyage me paraît impossible... Pauvre garçon! mais il le faut.

SCÈNE VIII.

JEANNE, MAURICE. *

(Un temps de silence, pendant lequel Maurice laisse voir son embarras.)

JEANNE.

Qu'avez-vous donc, Maurice, vous semblez tout troublé?

MAURICE.

Moi?... rien; je vous cherchais; j'ai... j'ai à vous parler.

JEANNE.

Ah!... je vous écoute.

MAURICE.

C'est que je crains de vous affliger; je crains que vous ne compreniez pas assez le sentiment... qui aura dicté ma conduite...

JEANNE, étonnée.

Que voulez-vous dire?...

MAURICE.

Eh bien! Jeanne, je quitte un de mes amis, un homme d'honneur et de bon conseil, en qui j'ai une confiance absolue... je lui ai fait part de notre projet de voyage, de l'espoir que j'avais de le voir s'accomplir, et...

JEANNE.

Et...

MAURICE.

Et Gilbert, dans mon intérêt, Jeanne, dans le vôtre surtout! Gilbert m'a fait des objections que je n'avais pas prévues...

JEANNE.

Des objections... qui vous ont paru sérieuses... Peut-on les connaître?

MAURICE.

Il m'a fait envisager les dangers qui pouvaient résulter, pour vous, de ce voyage; on pourrait nous rencontrer ensemble... Vous seriez compromise... perdue d'honneur, de réputation... et moi, je serais la cause de ce scandale... Enfin, tous les malheurs qu'un père peut prévoir pour sa fille, il les a prévus pour vous, il me les a fait toucher du doigt, et j'ai dû reconnaître... qu'il pouvait bien avoir raison.

* Maurice, Jeanne.

JEANNE.

Ah ! mais il est très-aimable, ce monsieur, de s'inquiéter autant d'une femme qu'il connaît à peine. Mais un pareil ami a dû vous faire envisager aussi la question à votre point de vue personnel. Hein ?

MAURICE.

Il m'a... il m'a parlé de la position fausse, sans issue... où je... où nous allions nous trouver... Puis, j'ai une fille... et ce fait, ignoré de vous jusqu'ici, pourrait vous affliger un jour.

JEANNE.

Quelle folie !... Je savais cela depuis longtemps. Et me croyez-vous assez sotte pour vous en vouloir d'avoir aimé une autre femme avant de m'avoir connue. Ensuite ?

MAURICE.

Ensuite, il m'a parlé des devoirs que m'imposait cette enfant. Enfin, il m'a parlé de mon avenir, à moi... de... (Jeanne sourit avec ironie. — Vite.) Mais vous comprenez bien que cette considération n'a pu m'émouvoir. Mon avenir, mon bonheur, c'est de vous aimer, Jeanne ! c'est d'être aimé de vous !

JEANNE.

Dites-moi, il ne vous a pas dit aussi que s'engager avec une femme dans ma position, c'était, en cas de découverte, lui assurer d'avance aide et protection contre tous !

MAURICE.

Jeanne !

JEANNE.

Il aurait dû vous dire, au moins, que j'ai une fortune indépendante, et que je ne serai jamais à charge à personne.

MAURICE.

Jeanne, je vous en supplie, ne parlez pas ainsi.

JEANNE, sèchement.

Résumons-nous. Ce monsieur vous a démontré que vous alliez faire une sottise. Il a su vous en convaincre, et vous venez retirer votre parole et me rendre la mienne. Eh bien ! mon cher ami, ma réponse n'était pas douteuse ; vous comprenez que je serais désolée d'être un obstacle, un fardeau dans votre existence... aussi, vous êtes libre, Maurice. Adieu, mon cher, adieu. (Elle fait quelques pas.)

MAURICE.

Jeanne, vous ne me quitterez pas ainsi ! Vous avez mal compris mes paroles !... Tous ces ennuis, tous ces dangers, c'est pour vous seule que j'ai pu les craindre, c'est de vous seule que j'ai voulu les détourner... Enfin, quand j'ai eu le courage de vous les faire entrevoir, c'est un sacrifice que je vous ai fait, Jeanne, oh ! un sacrifice bien douloureux.

JEANNE. *

J'aurais le droit d'en douter un peu ; car votre conversion a

* Jeanne, Maurice.

été bien facile, bien prompte!... et, entre nous, vous conviendrez que votre ami a bien poussé les choses à l'extrême. D'abord, il pose comme infailliblement découvert, un secret qu'il ne tient qu'à nous de cacher. Il suffit, pour cela, d'un peu d'adresse, de prudence, et nous ne sommes pas des enfants. Puis, en cas de surprise, le monde n'est pas si rigide et puritain que ce monsieur veut bien le dire. Bref, toutes ces objections, je me les étais faites à moi-même, et si je n'ai pas cru devoir en tenir compte, c'est qu'elles ne m'ont pas semblé sans réplique... Enfin, Maurice, il se peut que ma tendresse pour vous ait égaré ma raison ; c'est un tort que vous voudrez bien me pardonner.

MAURICE.

Jeanne !...

JEANNE.

Quant à votre fille, aux devoirs qu'elle vous impose ; quant à votre indépendance, à votre repos, j'avoue que j'y avais peu songé... Mais tout cela est très-réel, très-respectable ; aussi, Maurice, vous êtes libre.

MAURICE.

Vous me brisez le cœur ! Je vous l'ai dit et je vous le répète, je n'ai songé qu'à vous.

JEANNE, résolûment.

Et si je suis sans crainte, ou si je suis prête à braver le danger.

MAURICE, vite.

Vous m'en serez d'autant plus chère ! car, si vous l'affrontez, je saurai que c'est par amour pour moi.

JEANNE, lui tendant la main, après un temps.

Grand enfant !

MAURICE.

Quoi ! vous...

JEANNE.

Silence !

SCÈNE IX.

Les Mêmes, MADAME VERNON, GILBERT.

GILBERT, bas, à Maurice.

Eh bien ?

MAURICE, avec embarras.

C'est un fait accompli.

MADAME VERNON, bas, à Gilbert.

Eh bien ?

GILBERT, avec joie.

C'est fini !

MAURICE, bas, à Jeanne.

Quand partons-nous ?

JEANNE, de même.

Dans huit jours !...

Nota. Ordre des personnages dans la dernière scène : Madame Vernon, Gilbert, Maurice, Jeanne.

ACTE DEUXIÈME

Un petit salon chez Maurice. Porte au fond. Deux portes latérales, l'une à droite, conduisant à l'atelier de Maurice ; l'autre à gauche, conduisant aux appartements. A droite, une causeuse et une table à ouvrage ; à gauche, une cheminée.

SCÈNE PREMIÈRE.

JEANNE, JUSTINE. *

JEANNE, entrant.

Monsieur est dans son atelier ?

JUSTINE.

Non, madame, il est sorti.

JEANNE, ôtant son châle et son chapeau.

A quelle heure ?

JUSTINE.

Dès le matin.

JEANNE.

Il n'a pas dit où il allait ?

JUSTINE.

Non, madame.

JEANNE.

Tu ne t'en doutes pas un peu ?

JUSTINE.

Non, madame ; et ce n'est pas faute d'avoir observé, comme d'ordinaire... Madame sait combien je lui suis dévouée.

JEANNE.

Je le sais.

JUSTINE.

Et c'est bien naturel ; car j'ai autant d'intérêt à contenter madame, que madame peut en avoir elle-même à être bonne pour moi.

JEANNE.

Qu'est-ce à dire, mademoiselle ?

* Justine, Jeanne.

JUSTINE, jouant l'insouciance.

Voici... une lettre que monsieur de Grandville m'a remise tantôt pour madame.

JEANNE.

C'est bien, donnez.

JUSTINE.

Plaît-il, madame?

JEANNE, s'efforçant de sourire.

Mais donne donc!

JUSTINE.

A la bonne heure... Voici. (Jeanne prend la lettre et la parcourt.) — Justine remonte en écoutant.) Madame, j'entends le pas de monsieur.

JEANNE, cachant vivement la lettre.

C'est bien, laisse-nous.

SCÈNE II.

MAURICE, JEANNE. *

MAURICE.

Ah! tu es déjà rentrée?

JEANNE.

Cela vous contrarie?

MAURICE.

Moi? et pourquoi veux-tu que...

JEANNE.

Je n'en sais rien... mais, comme vous m'aviez dit que vous ne sortiriez pas...

MAURICE.

Allons! bon! voilà les scènes qui vont recommencer.

JEANNE.

Vous dites?

MAURICE.

Rien; je vais travailler.

JEANNE. **

C'est cela; et moi, je vais rester seule; il est vrai que j'aurais dû m'y accoutumer... avec le temps.

MAURICE.

Ne faut-il pas que je travaille?

JEANNE.

Si ça vous amuse plus que de me tenir compagnie...

MAURICE.

Que ça m'amuse ou non, ce n'est pas en me croisant les bras que je gagnerai les trois ou quatre mille francs qu'il nous faut maintenant... tous les mois.

* Maurice, Jeanne.
** Jeanne, Maurice.

JEANNE.

Est-ce un reproche?

MAURICE.

Nullement... mais c'est un fait.

JEANNE.

Un fait que vous aimeriez mieux ne pas avoir à constater.

MAURICE, se contenant.

Voyons, Jeanne, ne me tourmente donc pas ainsi... Quand nous nous sommes quittés de mauvaise humeur, je ne peux rien faire de la journée. Et, outre la question d'argent, j'ai une réputation à soutenir, à augmenter; tu comprends bien cela, n'est-ce pas?... Oui... Alors, donne-moi une bonne poignée de main, afin que je travaille sans soucis.

JEANNE, qui lui avait d'abord tendu la main.

Tout à l'heure... Asseyez-vous là d'abord... (Mouvement de Maurice.) Ah!... votre... réputation peut bien attendre dix minutes.

MAURICE, assis.

Qu'as-tu donc à me demander?

JEANNE.

Autrefois, tu me disais tout, Maurice, la moindre de tes actions, la plus vague de tes pensées; mais aujourd'hui...

MAURICE.

Mon Dieu, aujourd'hui... je...

JEANNE.

Eh bien?

MAURICE.

Aujourd'hui, il faisait beau, je suis allé me promener.

JEANNE.

Pendant quatre heures?

MAURICE.

Je suis entré, en chemin, chez quelques amis.

JEANNE.

Lesquels?

MAURICE.

Troyon... Rousseau... Chenavard... Il faut bien se retremper de temps en temps. Mais, que t'importe?

JEANNE.

Tu n'es pas allé aussi chez... chez les Devilliers, par exemple?

MAURICE.

Non; mais quand cela serait?... Ce sont des gens charmants.

JEANNE. *

Charmants?... Oui, aux bains de mer, quand j'étais pour eux

___

* Maurice, Jeanne.

madame Vernon. Mais à Paris, dès qu'ils ont su la vérité, ils ont cessé de me connaître. Monsieur est bien venu quelquefois, seul ; il vous invite encore à ses soirées, seul aussi. Or, je vous l'ai dit, je n'admets pas que vous alliez chez les gens qui ne me reçoivent pas chez eux.

MAURICE.

Il y aurait bien à dire là-dessus... Du reste, ce n'est pas là que je suis allé.

JEANNE.

Et puis-je savoir...

MAURICE.

Mais...

JEANNE.

Maurice, vous venez de voir votre fille à sa pension.

MAURICE, se levant.

Eh bien !... eh bien ! oui ; je suis allé voir ma fille, que je n'avais pas embrassée depuis trois mois...

JEANNE.

Oh ! pas de phrases, hein !... Nous avons déjà échangé nos opinions à ce sujet... Je sais par cœur tous les reproches que l'on peut me faire, je dirai plus, je les mérite, soit... Mais depuis le jour où cette enfant a refusé de venir vous voir ici, sous prétexte qu'elle pourrait m'y rencontrer... depuis ce jour-là...

MAURICE.

Quoi ! vous osez avouer...

JEANNE.

Je n'ai plus de famille, moi ; je n'ai plus d'amis... Mon affection, mon bonheur, je les ai placés en vous seul, et je veux que vous soyez tout à moi, comme je suis toute à vous !

MAURICE, d'un air de doute.

Toute à moi ?...

JEANNE.

Vous me soupçonnez ?

MAURICE.

Si j'en croyais certains demi-mots, certaines insinuations...

JEANNE, tâchant de jouer l'indifférence.

Et va-t-on jusqu'à nommer quelqu'un ?

MAURICE.

On semblait parler de monsieur de Bellevue, madame ; et j'avoue que moi-même...

JEANNE.

Edgard ?... (Avec un sourire.) Ah ! c'est d'Edgard que vous êtes jaloux ?...

MAURICE.

Nierez-vous qu'il soit sans cesse auprès de vous... ici... au théâtre... au bois ?...

JEANNE, feignant un peu d'embarras.

Il se peut... J'avouerai même que son empressement, sa complaisance infatigable, m'ont parfois touchée... Enfin, j'ai de l'amitié pour lui. Mais n'est-il plus permis d'avoir des amis? N'avez-vous pas les vôtres? (Gilbert paraît à droite. — Continuant sans le voir.) A commencer par monsieur Gilbert, un homme qui me déteste, qui ne sait quel mal vous dire de moi, qui semble, enfin, n'avoir au monde qu'une pensée, celle de nous séparer.

SCÈNE III.

LES MÊMES, GILBERT. *

GILBERT, se montrant.

Cela est la pure vérité; je ne m'en suis jamais caché, et j'espère bien y parvenir, avec le temps.

JEANNE, elle s'assied à droite et prend une tapisserie.

Vous l'entendez!

MAURICE.

Gilbert! (Il remonte vers la cheminée.)

GILBERT.

Quant à ce qui est de vous détester... le mot est peut-être un peu fort... Je n'ai pas pour vous une affection... très-vive, mais je suis forcé de reconnaître que vous ne manquez pas de certaines qualités... dangereuses, telles que l'adresse, l'esprit, la persuasion; ce qui fait que, le jour où Maurice vous aura quittée... je n'aurai pour vous qu'une antipathie... raisonnable. (A Maurice.) Ça va bien, toi?

MAURICE, brusquement.

Très-bien.

GILBERT.

C'est comme ça que tu me reçois?

JEANNE.

Après ce que vous venez de dire, il est assez naturel...

GILBERT.

Si vous le prenez tous deux sur ce ton... (après avoir salué comme pour s'en aller et posant son chapeau sur la table **) je reste... (Mouvement de Jeanne.) Oh! vous savez que je ne suis pas susceptible, moi... (A Maurice.) A propos, en passant par ton atelier, j'ai rencontré le père Salomon, qui venait pour emporter ton dernier tableau. C'est une plaisanterie, n'est-ce pas?

MAURICE.

Pourquoi donc?

GILBERT.

Parce que ce tableau est à peine ébauché.

MAURICE.

Tu trouves?

---

* Maurice, Gilbert, Jeanne.
** Maurice, Gilbert, Jeanne.

GILBERT.

Et toi?

MAURICE.

Oui, c'est vrai.

GILBERT.

Eh bien! alors?

MAURICE.

Tu as raison, et je vais dire à Salomon...

JEANNE. *

Tu oublies donc le bal que nous donnons dans huit jours?...
Il nous faut de l'argent.

GILBERT.

Ah! c'est vrai, vous donnez un bal, vous. Eh bien! laissez
Maurice finir son tableau, et remettez le bal au mois prochain.

JEANNE.

Pourquoi pas à l'année prochaine?

GILBERT.

Ce ne serait pas un mal.

MAURICE.

En effet, nous pourrions...

JEANNE.

Y penses-tu? quand les invitations sont envoyées?

MAURICE.

C'est juste... Mais nous devons encore avoir de l'argent?

JEANNE.

J'ai eu beaucoup de mémoires à payer; si bien que...

MAURICE.

Comment! déjà?...

GILBERT.

Ah! le vilain mot... Pour le coup, madame, je me range de
votre côté! (A Maurice, avec une emphase ironique.**) Mais tu as donc
des yeux pour ne rien voir!... Tes salons sont meublés avec
un luxe, une richesse, un goût!... C'est à donner des éblouis-
sements, ma parole d'honneur!... Et le reste à l'avenant... Des
dîners exquis... coupé... calèche... américaine... trois che-
veaux... trois domestiques... six bêtes magnifiques!... Et tu
t'étonnes, après cela, que ta caisse sonne le vide?... Ingrat!
Pour ma part, je le déclare hautement, et à la gloire de madame : il est impossible de trouver, au même prix, une maison
mieux tenue que la vôtre... (A Jeanne.) Dites encore que je ne
suis pas gentil.

MAURICE.

Allons! je vais livrer à Salomon... (Il fait quelques pas.)

* Gilbert, Maurice, Jeanne.
** Maurice, Gilbert, Jeanne.

GILBERT, adossé à la cheminée. *

Seulement, comme toute médaille à son revers, tout en admirant votre façon d'agir, je lui préfère, et de beaucoup, ma petite existence de philosophe et d'artiste. Je continue à vivre comme je vivais... comme nous vivions autrefois... au troisième étage... ni trop haut, ni trop bas... ni trop bien, ni trop mal... Je travaille à mes heures... rien ne m'oblige à être inspiré, quand je ne le suis pas... ou à passer outre, si l'inspiration fait la coquette avec moi... Je puis me donner, de temps à autre, le luxe d'un bon mois de flânerie contemplative, et parfois même, comme aujourd'hui, trouver dans les flancs de ma tirelire quelque billet de réserve, auquel je ne songeais plus... (Tirant un papier de sa poche.) Deux mille francs, à trois mois... de quoi vivre une année... Je puis, sans que des créanciers en pâtissent, passer ce billet à l'ordre d'un ami, afin de l'empêcher de couper son blé avant le temps de la moisson... Tiens, Maurice, prends ce chiffon; mais ne lâche pas ton tableau... Ça, ce n'est pas de la toile, ce n'est que du papier, et ça peut s'escompter.

MAURICE.

Mon ami !

GILBERT.

Oh ! pas de remercîments ! Seulement, ne t'y habitue pas ; car ma tirelire me fait rarement de pareilles surprises.

MAURICE. **

Merci, Gilbert; je vais congédier Salomon.

JEANNE, bas, à Gilbert.

Restez !

GILBERT.

Ah !

MAURICE.

Tu ne viens pas ?

GILBERT.

Va toujours... je te suis.

SCÈNE IV.

JEANNE, GILBERT. ***

GILBERT, après un temps.

J'attends, madame. (Il s'assied à gauche.)

JEANNE, toujours assise à droite.

Monsieur Gilbert, je ne vous demanderai pas si vous êtes mon ennemi, votre franchise ne m'a jamais permis de douter à cet

* Gilbert, Maurice, Jeanne.
** Gilbert, Maurice, Jeanne.
*** Jeanne, Gilbert.

égard... mais je voudrais savoir enfin la cause de cette ini-
mitié.

GILBERT.

Cette cause est bien simple, madame, c'est que je suis l'ami
de Maurice.

JEANNE.

Ce qui voudrait dire que sa tendresse pour moi est un malheur pour lui?

GILBERT, se levant et saluant.

Une calamité, madame. (Il se rassied.)

JEANNE, se contenant.

Qui vous fait dire cela? Est-ce notre luxe, nos dépenses?
Mais ces dépenses se traduisent par des plaisirs, dont Maurice
prend sa part; et j'ajouterai qu'il ne les supporte pas seul.

GILBERT.

Oui, vous avez quelque fortune personnelle, et c'est très-
fâcheux. Car si vous étiez tout à fait pauvre, vous auriez une
existence plus modeste, ne fût-ce que par fierté.

JEANNE.

Monsieur!...

GILBERT, se levant.

Pardon... Vous me faites l'honneur de me demander mes
raisons, je vous les donne.

JEANNE.

Soit... Mais la question d'argent n'est pas ce qui doit vous
émouvoir le plus; un artiste...

GILBERT.

En effet.

JEANNE.

Que me reprochez-vous, alors? Ma position?

GILBERT.

Oui... votre position, d'abord, que vous avez poussée à
l'extrême, et cela bien gratuitement. Voyez madame Delaunay : elle est à peu près dans votre situation; comme vous,
elle est séparée de son mari, et comme vous elle a commis une
faute... mais elle ne fait du moins ni éclat, ni scandale... et
cette faute, elle prouve, en la cachant de son mieux, qu'elle en
a conscience, qu'elle en rougit. (Mouvement de Jeanne.) Oui. Vous
allez crier à l'hypocrisie! Non pas; c'est de la raison, c'est du
respect humain. Le monde n'est pas impitoyable, quand même,
pour les femmes qui tombent. Il peut excuser, à la rigueur,
que l'on manque au devoir; mais ce qu'il ne saurait admettre,
c'est qu'on brave les convenances, c'est qu'on brave l'opinion.

JEANNE.

Voulez-vous donc que je quitte Maurice?

GILBERT.

Je ne vous cache pas que c'est le plus ardent de mes vœux.

3.

JEANNE, se levant.

Et que deviendrais-je, moi?

GILBERT.

Une fois partie d'ici, je n'aurais pas l'indiscrétion de me mê-
ler de vos petites affaires.

JEANNE.

Et puis, vous oubliez que j'aime Maurice.

GILBERT.

Ah !... Eh bien ! alors, ayez un peu pitié de lui, prenez quelque souci de sa tenue, de sa dignité... Ne l'éloignez plus des
gens honnêtes et sérieux, de sa mère, qu'il n'avait jamais quittée, et qu'il voit à peine maintenant... de sa fille, qu'il n'ose
plus embrasser qu'à la dérobée, dans la crainte de vous dé-
plaire... Enfin, songez à sa renommée, qui déjà commence à
décroître, et à son talent, qui s'épuise à force de produire de
l'argent pour des fantômes de plaisirs, pour un bal, par
exemple, auquel personne ne viendra, excepté moi, qui ne
suis pas fier...

JEANNE.

Monsieur !

JUSTINE, annonçant.

Monsieur Edgard de Bellevue.

GILBERT. *

Et monsieur Edgard de Bellevue, cela va sans dire.

SCÈNE V.

LES MÊMES, EDGARD. **

EDGARD.

Belle dame, permettez-moi...

JEANNE.

Je suis à vous. (Prenant Gilbert à part.) Vous êtes brutal, monsieur Gilbert, et vous oubliez qu'il suffirait d'un mot de moi...

GILBERT.

Pour que Maurice me mît à la porte? Ça vous avancerait
bien, je rentrerais par la fenêtre.

JEANNE.

C'est ce que nous verrions.

GILBERT.

Essayez.

JEANNE.

Plus tard. (Elle quitte Gilbert, qui s'assied à droite.)

EDGARD.

Belle dame, permettez-moi de vous présenter...

* Jeanne, Gilbert.
** Edgard, Jeanne, Gilbert.

JEANNE.
Qu'est-ce que vous me voulez?
EDGARD.
Mais je... je venais...
JEANNE.
Je le vois bien, puisque vous êtes là. Je vous demande pourquoi?
EDGARD.
Mais... pour... pour...
JEANNE, se croisant les bras.
Quand vous voudrez?
EDGARD.
J'ai reçu votre aimable invitation, et je m'empresse de venir vous dire...
JEANNE.
Que l'on peut compter sur vous.
EDGARD.
Certainement.
JEANNE.
Il était inutile de vous déranger pour ça.
EDGARD.
Oh! ce n'est pas un dérangement.
JEANNE.
Pour vous, c'est possible.
JUSTINE, entrant.
Madame, voici des lettres pour monsieur. (Elle sort.)
JEANNE, à Gilbert, avec ironie.
Vous permettez, monsieur.
EDGARD.
Comment donc, belle dame.
JEANNE.
Mais je ne vous parle pas. (Elle remonte vers la cheminée.)
EDGARD reste coi. Gilbert lui rit au nez. *
C'est singulier.
GILBERT.
Quoi donc?
EDGARD, s'asseyant auprès de Gilbert.
La façon presque indifférente...
GILBERT.
Vous pourriez dire froide... froide!...
EDGARD.
Froide, si vous voulez... Mais, le plus étrange, c'est que, quand Vernon est là, son accueil est tout différent.
GILBERT.
Bah!

* Jeanne, Edgard, Gilbert.

EDGARD.

C'est-à-dire qu'elle est charmante pour moi...

GILBERT.

Tiens, tiens.

EDGARD.

Elle me parle, elle me regarde d'une façon... Et quand nous sommes seuls, c'est tout le contraire. Est-ce que vous pouvez comprendre ça ?

GILBERT.

Parfaitement.

EDGARD.

Alors, expliquez-moi...

JEANNE, froissant plusieurs lettres avec dépit.

Ah ! c'est une gageure !

GILBERT, se levant. *

Qu'avez-vous donc, madame, vous semblez contrariée.

JEANNE.

En effet, c'est comme une fatalité ; la plupart de mes invités ne peuvent venir à mon bal : les uns partent pour la campagne, les autres sont indisposés ; enfin, chacun a une raison...

GILBERT.

Chacun a deux raisons... La... seconde, c'est qu'ils ont un empêchement.

JEANNE.

Et... la première ?

GILBERT.

La première ?... Vous reste-t-il encore des invitations ?...

JEANNE.

Là, sur cette table ; pourquoi ?

GILBERT, prenant une invitation.

Vous allez comprendre en trois mots. (Lisant.) « *Monsieur Vernon* ET *madame Baudoin* ont l'honneur de vous prier de venir passer la soirée *chez eux*, le... et cætera. »

JEANNE.

Eh bien ?

GILBERT.

Eh bien !... *Monsieur Vernon*... *madame Baudoin*... et *chez eux*... Tout est là !

JEANNE.

Oh ! j'avais bien prévu quelques déceptions ; mais j'ai voulu connaître, enfin, ceux qui m'acceptent et ceux qui me renient.

GILBERT. **

Ce sera une triste connaissance que vous aurez là.

EDGARD, qui a protesté par la physionomie.

Quant à moi, belle dame, vous ne pouvez douter...

* Jeanne, Gilbert, Edgard.
** Edgard, Jeanne, Gilbert.

JEANNE.

Mais laissez-moi donc tranquille, Edgard ; vous êtes insupportable.

JUSTINE, annonçant.

Madame Vernon désire parler à madame quand elle sera seule.

JEANNE, étonnée.

Madame Vernon ?... que peut-elle me vouloir ?... Messieurs...

GILBERT, saluant.

Madame...

JEANNE, à Edgard qui ne bouge pas.

Allons ! allons !

EDGARD.

Tout de suite, belle dame, tout de suite. (Prenant le bras de Gilbert.) Maintenant, vous allez m'expliquer...

GILBERT.

C'est inutile, vous ne comprendriez pas.

EDGARD.

Pourquoi donc ?

GILBERT.

Vous êtes trop... jeune.

(Ils sortent par la droite.)

JEANNE, à Justine.

Faites entrer.

SCÈNE VI.

JEANNE, MADAME VERNON. (Elles s'asseyent à gauche.) *

JEANNE.

A quel heureux hasard, madame, dois-je attribuer l'honneur...

MADAME VERNON.

A un malentendu, à une erreur, sans doute, que je viens vous prier de m'expliquer.

JEANNE.

Je ne comprends pas.

MADAME VERNON, s'asseyant à gauche.

Hier soir, mon gendre et ma fille ont reçu une invitation pour un bal que vous donneriez dans huit jours, et j'ai mieux aimé croire...

JEANNE.

A une erreur ? Il n'y en a pas eu, madame.

MADAME VERNON.

Je le regrette pour vous. Mon gendre voulait d'abord venir

* Madame Vernon, Jeanne.

lui-même ; mais il ne vous eût apporté qu'un refus ; et moi, je vous apporte un conseil.

JEANNE.

Ah ! il refuse ?

MADAME VERNON.

Ne deviez-vous pas le prévoir ?

JEANNE.

Pendant longtemps, j'en conviens, vos enfants m'ont témoigné de la froideur ; mais, depuis quelques mois, j'avais cru remarquer en eux...

MADAME VERNON.

Oui, lorsque le temps et une conduite relativement irréprochable ont, en quelque sorte, atténué votre faute, ils ont pu, par amitié pour Maurice, consentir à vous accueillir dans le monde, sur un terrain neutre ; mais cette liaison, qu'ils pouvaient accepter tacitement, ils ne peuvent la consacrer par leur présence à un bal dont vous ne pouvez faire les honneurs. Cela est impossible, cela ne peut pas être, et je vous supplie de le comprendre.

JEANNE.

Ainsi, madame, vous me conseillez...

MADAME VERNON.

Je vous conseille de renoncer à cette fête, qui, pour le monde, est un défi.

JEANNE.

Il se peut que vous ayez raison, madame ; mais, au point où en sont les choses, je ne saurais revenir sur mes pas. Je maintiens donc mes invitations. Ceux qui daigneront les accepter seront les bienvenus. Quant aux autres, nous saurons qu'ils sont nos ennemis, et nous agirons en conséquence.

MADAME VERNON.

Quoi ! après avoir brisé l'avenir de mon fils, vous voulez encore nous enlever sa tendresse !... Ah ! madame...

(Elle pleure. — Maurice paraît à droite.)

SCÈNE VII.

LES MÊMES, MAURICE. *

MAURICE.

Ma mère !... Mais qu'avez-vous donc ?

MADAME VERNON.

Rien, mon ami, rien. Une petite discussion avec madame. J'avais aussi à te parler ; mais je me suis aperçue qu'ici je ne suis pas chez toi. Tu viendras me voir, n'est-ce pas, Maurice, n'est-ce pas, mon fils ?...

(Elle remonte.)

* Madame Vernon, Maurice, Jeanne.

MAURICE.

Sans doute, ma mère. Mais...

MADAME VERNON.

Allons, c'est bien. Adieu, mon enfant, adieu !

(Elle l'embrasse et sort.)

SCÈNE VIII.

MAURICE, JEANNE. *

MAURICE.

Ce brusque départ... ces larmes... que s'est-il donc passé?

JEANNE, sonnant.

Justine, mon châle et mon chapeau.

(Maurice lui fait signe de sortir.)

MAURICE.

Mais, pour Dieu! qu'y a-t-il donc?

JEANNE. **

Il y a que votre famille, qui n'a jamais pu me souffrir, vient enfin de se déclarer. Oui, mon cher, votre sœur et son mari refusent notre invitation; ils rougissent de nous, et madame Vernon est venue me dire cela en face, le plus tranquillement du monde!... Mais si j'ai pu supporter jusqu'ici leur mépris et leur dédain, je ne supporterai pas cette dernière injure. Bref! il faut choisir entre eux et moi!...

MAURICE.

Voyons, Jeanne, calme-toi!...

JEANNE.

Que je me calme!... Ah çà! vous n'avez donc pas de sang dans les veines? Il faudra donc, pour vous tirer de votre apa- thie, qu'ils m'insultent dans la rue!... En attendant, je vous défends de remettre les pieds chez eux!...

MAURICE.

Vous oubliez de qui vous parlez?

JEANNE.

Je le sais fort bien, et je vous répète que je vous défends...

MAURICE.

Ah! non! non! non!.... ça devient trop fort, à la fin!

JEANNE.

Quoi!... vous hésitez?

MAURICE.

Mais non, je n'hésite pas!... et je vous dis que vous perdez la raison. Ce matin, c'était ma fille qui vous faisait ombrage; maintenant, c'est ma sœur, c'est ma mère. Vous avez donc juré de détruire en moi tous les sentiments humains, et de faire un

* Maurice, Jeanne.
  Jeanne, Maurice.

désert, un tombeau de ma maison ? Ma parole d'honneur, c'est
du délire !... c'est de la férocité !...

(Il s'assied à droite.)

JEANNE.

Des injures !... Oui, je devais m'y attendre ; c'est votre façon habituelle de payer aux femmes le sacrifice qu'elles vous
font de leur considération, de leur avenir.

MAURICE.

Je crois que, de ce côté-là, nous pouvons mettre nos comp-
tes en balance.

JEANNE.

Assez, monsieur... Puisque vous prenez le parti de ceux
qui m'insultent, puisque je suis un fardeau pour vous, c'est
bien ; je vous épargnerai la honte de me chasser, après m'a-
voir perdue ; je partirai, monsieur, je partirai. (Mouvement de
Maurice. — Continuant.) Je ne puis rester qu'à une condition.

MAURICE, se levant.

Voyons !... laquelle ?

JEANNE.

C'est que vous ne reverrez jamais...

MAURICE.

Oh ! alors !... faites ce que vous voudrez !

JEANNE.

Prenez garde, Maurice, une fois sortie, vous ne me reverrez
plus, et je pars aujourd'hui même, à l'instant.

MAURICE. *

Bon voyage !...

JEANNE.

Maurice !...

SCÈNE IX.

Les Mêmes, GILBERT. **

GILBERT, entrant de droite.

Oh ! oh ! on dirait qu'il y a de la brouille dans le ménage.

JEANNE.

Soyez heureux, monsieur ; tout est fini, et je pars !...

(Elle sort vivement par la gauche.)

SCÈNE X.

GILBERT, MAURICE.***

GILBERT.

Hein? plaît-il?... Est-ce vrai, Maurice, est-ce bien vrai?

---

* Maurice, Jeanne.
** Maurice, Gilbert, Jeanne.
*** Maurice, Gilbert.

MAURICE.

Bien vrai!

GILBERT.

Mais alors... je... tu... nous... (Il se met à danser en chantant la Monaco.) Ah! que je suis content... Mais dis-moi donc comment cela est arrivé?...

MAURICE.

Une discussion, une querelle... Enfin, elle a fait pleurer ma mère! et cette larme-là, vois-tu, ç'a été la goutte d'eau qui fait tout déborder... Une seule chose m'étonne, c'est d'avoir eu tant de patience!

GILBERT.

Le fait est que je t'admirais... en haussant les épaules.

MAURICE.

Une femme qui me faisait gâcher ma vie, qui me rendait malheureux et ridicule. Car elle me trompait, j'en suis sûr... Je fermais les yeux par faiblesse; mais si tu crois que j'étais sa dupe, si tu crois que les visites de monsieur de Bellevue...

GILBERT.

Quoi! tu te figures que...

MAURICE.

Ne vas-tu pas la défendre, maintenant?

GILBERT.

Moi?... il ne manquerait plus que ça... Je t'abandonne Edgard; (à part) mais je parie pour le champ.

MAURICE, très-animé.

Ah! si l'on savait tout ce qu'il y a de honte et d'ennui, de regrets inutiles et de remords impuissants, dans ces amours mêlés de haine, où l'habitude et le sentiment de sa complicité vous retiennent toujours enchaîné!... Mais enfin, je suis libre!... et maintenant, je bénis presque mon esclavage, qui me fait mieux apprécier encore les bienfaits de la liberté!...

GILBERT.

Maurice, tu es beau, tu es superbe... tu es trop beau! C'est un revirement trop brusque, et j'ai peur que ce ne soit qu'un feu de paille.

MAURICE.

Oh! ne crains rien... Une fois lancé, je suis capable de tout!... Et d'ailleurs, il me suffirait de me rappeler...

EDGARD, paraissant au fond. *

Peut-on entrer?

MAURICE.

Edgard!

GILBERT.

En voilà un qui arrive bien.

* Maurice, Edgard, Gilbert.

MAURICE, se contenant de son mieux.

Qu'est-ce que vous demandez, monsieur?

EDGARD.

Je venais voir si madame...

MAURICE.

Elle n'est plus ici.

EDGARD.

Hein?

MAURICE.

Et je vous engage à n'y jamais reparaître!...

EDGARD.

C'est bien, monsieur, je sors. (Passant la tête entre les deux battants de la porte.) Seulement, je serais bien aise de savoir...

MAURICE.

Quoi, encore?

EDGARD.

Rien, monsieur... Je sors... je sors! Tsss!. (Il disparaît.)

MAURICE.

Tu as vu? Eh bien, il en sera ainsi des autres.

GILBERT.

Les autres, je ne dis pas... mais, elle, elle n'est pas encore partie.

MAURICE.

Oh! je te promets que d'ici à une heure...

GILBERT.

Une heure!... C'est cinquante-cinq minutes de trop.

MAURICE.

Je ne puis pourtant pas la mettre à la porte par les épaules.

GILBERT.

C'est justement ce qui m'inquiète.

MAURICE.

Eh bien! pour te prouver que mon parti est bien pris, et pour rendre tout rapprochement impossible... va me chercher ma fille! et amène-la ici sur-le-champ!

GILBERT.

Allons donc! tant que ce cri du cœur n'était pas sorti, je n'étais pas tranquille.

MAURICE.

Ce n'est pas tout... En passant, tu diras à ma mère que je la supplie de revenir ici, que je ne la quitterai plus... Mais va donc, Gilbert, mais va donc!...

GILBERT. *

Un mot pour la maîtresse de pension; et, dans une heure, nous pendrons la crémaillère!

* Gilbert, Maurice.

MAURICE.

Ah ! je vais donc passer enfin une bonne et honnête soirée !
Viens, Gilbert !... (Il sort avec Gilbert par la droite — Justine paraît au
fond, au moment où ils disparaissent.)

SCÈNE XI.

JUSTINE, puis JEANNE.

JUSTINE.

Eh bien ! en voilà du nouveau ! (Allant frapper à la porte de
Jeanne.) Madame ! madame !

JEANNE, entrant.

Qu'est-ce ?

JUSTINE.

Ah ! si vous saviez ce qui se passe... J'ai écouté à la porte...

JEANNE.

Moi aussi... Ah ! c'est lui qui veut me quitter ?...

JUSTINE.

Madame, voici monsieur qui revient.

JEANNE.

C'est bien. (Maurice paraît à droite.—Haut.) Justine, va me chercher une voiture, nous partons à l'instant. (Justine sort.)

SCÈNE XII.

JEANNE, MAURICE. **

MAURICE, avec satisfaction.

Ah ! vous partez ?

JEANNE.

Oui, Maurice... Mais ne croyez pas que ce soit à cause de ce
qui s'est passé tout à l'heure. Dans un moment de mauvaise
humeur, on dit tous deux des choses folles qu'on ne pense
pas, que l'on regrette ensuite et qu'on se pardonne aisément...
Non, Maurice, notre séparation ne pouvait avoir une cause
aussi futile ; il lui fallait une raison grave, sérieuse... et cette
raison s'est présentée.

MAURICE.

Je vous avoue que je ne comprends pas...

JEANNE.

Je viens d'apprendre, par cette lettre, que monsieur Baudoin
vient de s'embarquer pour la France. Le *Labrador*, qui le ra-
mène, doit arriver au Havre sous peu de jours, et je vais l'y
attendre. (Elle lui donne la lettre.)

* Jeanne, Justine.
** Jeanne, Maurice.

MAURICE.

Vous?...

JEANNE.

C'est le parti le plus sage, et nous devons bénir tous deux ce petit différend, sans lequel nous n'eussions peut-être jamais eu la force de nous quitter... Et cependant, tout nous en eût fait une loi : la prudence, d'abord.

MAURICE.

Que voulez-vous dire?

JEANNE.

Vous le savez, mon mari est violent, querelleur...

MAURICE.

Pensez-vous donc que je le craigne?

JEANNE.

Non, sans doute... Mais l'issue d'une rencontre est toujours douteuse, et vous comprenez que je ne voudrais pas avoir à me reprocher...

MAURICE, sans amour.

Je vous remercie de cette discrétion, Jeanne ; mais je ne puis l'accepter à la veille d'un danger.

JEANNE.

Il le faudra pourtant bien.

MAURICE.

Vous voulez donc que l'on dise de moi que j'ai eu peur ?

JEANNE.

Mais on ne dira pas cela.

MAURICE.

On peut le dire.

JEANNE.

Mon Dieu ! que vous êtes enfant !... Remarquez que jusqu'à présent nous n'avons fait que nous livrer à des suppositions. Quant à mon mari, il donnera sans doute, en battant sa femme, la mesure de son courage.

MAURICE, de même.

En effet, cet homme est violent, brutal, et je vous laisserais à sa merci ! Non, Jeanne, cela ne peut pas être, et cela ne sera pas... Je suis de moitié dans votre faute, après tout, et en me donnant le droit de vous protéger, vous m'en avez fait un devoir.

JEANNE.

Merci de ce bon sentiment, Maurice, merci... et adieu.

MAURICE, la retenant, de même.

Non, Jeanne, vous ne partirez pas ; nous pourrons nous séparer... plus tard ; mais aujourd'hui, (à lui-même) c'est impossible.

JEANNE.

Rester ici, maintenant, après ce qui s'est passé entre nous ?... Je ne le puis plus, Maurice, je ne le puis plus.

MAURICE, avec effort.

J'ai eu tort... Dans un moment de délire, il m'est échappé des paroles que je ne pensais pas, que je regrette et que vous me pardonnerez, n'est-ce pas ?

JEANNE.

Vous ne le méritez pourtant guère...

MAURICE, s'efforçant de montrer de l'amour.

Je t'en prie, Jeanne.

JEANNE.

Allons, il est dit que vous ferez toujours de moi ce que vous voulez. (Elle lui tend la main.)

MAURICE, se rappelant.

Ah ! mon Dieu !

JEANNE.

Qu'est-ce donc ?

MAURICE.

Tantôt, dans ma colère, et croyant que vous me quittiez, j'avais résolu de faire venir ma fille ici... Elle ne peut tarder... mais je vais...

JEANNE, l'arrêtant.

Elle vient, dites-vous ? Tant mieux... Et maintenant, je reste ; non pas seulement pour vous, mais pour elle.

MAURICE.

Pour elle ?

JEANNE.

On m'accuse d'être jalouse de cette enfant, de faire de vous un mauvais père... Eh bien ! je veux donner au monde un éclatant démenti.

GILBERT, au dehors.

Par ici, par ici !...

MAURICE, inquiet.

Je l'entends. Laisse-moi lui parler, d'abord. (Jeanne rentre à gauche.)

SCÈNE XIII.

MAURICE, GILBERT, MARIE,* puis JEANNE.

GILBERT.

Par ici, par ici ! puisque vous ne connaissez plus la maison paternelle.

MARIE, se jetant dans les bras de Maurice.

Mon père, mon bon père !... Mais c'est donc bien vrai, ce que m'a dit monsieur Gilbert ?... Ce n'est donc pas un rêve !... Tant de bonheur ! Ah ! je n'y puis croire encore ! Quoi ! tu me rappelles ici... près de toi... pour toujours ?... (L'embrassant encore.) Cher petit père !...

* Marie, Maurice, Gilbert.

MAURICE.

Marie... mon enfant !

GILBERT, bas, à Maurice.

Est-ce fait ?

MARIE.

Si tu savais comme je m'ennuyais là-bas. Songe donc, loin de toi, en pension, à mon âge... Ah ! j'en serais morte de chagrin, vois-tu ! Et les autres qui me disaient toujours : « Tu n'as donc plus de parents ? — Mais si, j'ai mon père. — Ah ! il ne t'aime donc pas, qu'il ne vient jamais te voir ! » Et moi, je ne savais que dire, et je me sauvais en pleurant... Puis, chaque fois qu'une grande retournait dans sa famille, c'était encore des larmes. « Ça ne sera donc jamais son tour, » disaient les autres en parlant de moi. Il est venu enfin, mon tour, et si je pleure encore, c'est de bonheur.

GILBERT, de même.

C'est fait, n'est-ce pas ?

MARIE.

Oh ! comme je vais être heureuse ici, avec mon bon petit père, qui m'aime et qui me conduira partout ! Pauvre père, ça va te vieillir un peu, une grande fille comme moi !... Bah ! on me prendra pour ta sœur cadette. Puis, je ferai les honneurs de la maison... à l'ami Gilbert, qui me continuera ici ses leçons de piano, à ma tante Sophie, à grand'maman Vernon. Ah çà ! où est-elle donc, grand'mère ! Monsieur Gilbert m'avait dit.,. Ah ! peut-être dans le salon... (Elle fait un pas vers la porte de gauche et se trouve en face de Jeanne, qui est entrée depuis un instant. — A sa vue, Marie recule avec effroi. +) Ah !

GILBERT, apercevant Jeanne et prenant la main de Maurice avec énergie.

Maurice !

MARIE.

Elle ici !

JEANNE.

Est-il donc besoin que j'en sorte, pour que vous puissiez y rester ?... J'ai l'espérance...

MARIE, courant à Gilbert.

Monsieur Gilbert !...

GILBERT.

Venez, mon enfant, venez.

JEANNE.

Vous refusez même de m'entendre ?

GILBERT.

Venez... Maurice, tu m'as trompé, c'est mal ; quant à vous, madame !... je me souviendrai !... (Il emmène Marie, qui sanglote.)

MAURICE.

Marie !... Gilbert !... (Gilbert lui lance un regard foudroyant et sort avec Marie.)

* Jeanne, Maurice, Gilbert, Marie.

SCÈNE XIV.

JEANNE, MAURICE.*

JEANNE.

Vous voyez bien qu'il faut que je parte !

MAURICE.

Et pourquoi ?

JEANNE.

Puisque tous mes efforts sont inutiles, puisqu'il ne m'est pas même permis d'avoir une bonne intention !

MAURICE.

Est-il juste que vous soyez la victime d'une haine aveugle et obstinée ? Ce parti pris contre vous me lasse et m'indigne, à la fin !

JEANNE.

Oh ! je n'en veux pas à votre fille, Maurice ! on l'a tellement prévenue contre moi !... C'est à monsieur Gilbert qu'il faut s'en prendre, et non à cette enfant.

MAURICE.

Oui, encore un qui prétend m'aimer !... Oh ! les amis, les parents !... Mais, j'entends qu'à l'avenir...

JUSTINE, entrant.**

Madame Vernon demande monsieur dans son cabinet.

JEANNE.

Madame Vernon sait-elle que je suis encore ici ?

JUSTINE.

Je ne le crois pas, madame.

JEANNE.

Eh bien, dites-lui que je désire lui parler. (A Maurice.) Des excuses à lui faire. (Justine sort.)

MAURICE, avec joie.

Quoi ! tu veux...

JEANNE.

Je veux faire tomber les préventions de ta famille ; et si ta mère consent à m'entendre, comme je n'en puis douter... car, autrement, ce serait de la cruauté... (Ecoutant.) Le bruit d'une voiture ? Elle part !...

MAURICE. ***

Oh ! c'est impossible !

JUSTINE, rentrant. ****

Madame Vernon vient de repartir.

* Jeanne, Maurice.
** Maurice, Jeanne, Justine.
*** Maurice, Jeanne.
**** Maurice, Jeanne, Justine.

MAURICE.

Sans même demander à me voir?

JUSTINE.

Elle n'a rien dit, monsieur. (Elle sort.)

JEANNE, avec soupir.

Ah!...

MAURICE.

Ah! c'est ainsi? soit! Jeanne, mon parti est pris... Nous allons entrer dans une voie nouvelle. Le monde, mes amis, ma famille, peuvent se passer de nous? Eh bien! nous leur prouverons que nous pouvons aussi nous passer d'eux.

JEANNE.

Il est certain que nous n'avons que faire de gens qui nous méprisent et qui ne savent qu'inventer pour nous affliger.

MAURICE.

Oui, certes... aussi, désormais, nous vivrons pour nous, par nous, seuls, ensemble, toujours ensemble... et nous serons heureux, va!

JEANNE.

Oh! je n'en doute pas! et si tu le veux, nous commencerons dès ce soir... Nous devions aller au théâtre, nous n'irons pas.

MAURICE.

Nous n'irons jamais!

JEANNE.

Jamais! et nous passerons toutes nos soirées, comme celle-ci, en tête-à-tête.

MAURICE.

C'est dit, et nous nous amuserons beaucoup.

JEANNE.

Ah! je crois bien!

(Un grand temps.)

MAURICE.

Qu'est-ce que nous allons faire?

JEANNE.

Qu'est-ce que... Si nous faisions un peu de musique?

MAURICE.

Oh! Dieu, le piano!...

JEANNE.

Une lecture au coin du feu!

MAURICE.

Heu!... ce n'est pas bien amusant.

JEANNE.

Eh bien! jouons aux cartes.

MAURICE, avec un soupir.

C'est ça, jouons aux cartes.

(Il s'assied à gauche, la tête appuyée sur la main.)

JEANNE sonne, puis s'assied à droite, même pose.

Justine, la table de jeu.

(Justine pose au milieu une table de jeu avec cartes, etc.)

ACTE TROISIÈME

L'atelier de Maurice.—A gauche, l'appartement ; au fond, l'entrée ; à droite, une grande fenêtre.—A gauche, une table en ébène chargée de dessins, pot à tabac, etc. ; au fond, un grand bahut ; à droite, près de la fenêtre, un chevalet ; aux murs, panoplie, plâtres, toiles sans cadres, etc.

SCÈNE PREMIÈRE.

MAURICE, GILBERT. *

GILBERT, entrant.

Bonjour, Maurice.

MAURICE, devant un chevalet, à droite.

Bonjour, Gilbert.

GILBERT, lorgnant le tableau que Maurice peint.

Ah ! ah ! tu travailles... C'est joli, cette chose verte que tu fais là. (Maurice se tait.) C'est un peu sobre d'idées... un peu mou d'exécution... un peu commun dans le fond... et dans la forme aussi... mais c'est joli... c'est... facile... ça se voit de loin, et ça aura un petit succès de bourgeoisie très-agréable. (Même silence.) C'est une enseigne, n'est-ce pas ?

MAURICE.

Un peu de pitié, Gilbert. (Regardant le tableau.) Oui, c'est exécrable, je le sens, je le vois... mais que veux-tu, je ne peux plus faire mieux.

GILBERT, il s'assied.

Ah !

MAURICE.

Je n'ai plus de force, plus d'inspiration ; je n'ai plus de goût au travail, et je m'ennuie !...

GILBERT.

Ah ! Tu mènes pourtant joyeuse vie, et tu fréquentes une société qui n'engendre pas la mélancolie. Toute la bohême n'a-t-elle pas fait de ta maison son quartier général ? Et on est gai, dans ce monde-là.

MAURICE se lève et va faire une cigarette. **

Oh ! je sais bien que ce n'est pas une société des mieux choisies.

GILBERT, tournant.

Pourquoi la vois-tu, alors ?

MAURICE.

Il faut bien voir quelqu'un... et comme les gens sérieux se sont éloignés de moi peu à peu...

* Gilbert, Maurice.
** Maurice, Gilbert.

GILBERT.

C'est juste... Il paraît que madame s'est trouvée dans les mêmes conditions ; car elle a fait aussi de bien jolies connaissances ; des femmes charmantes, du reste, dont elle a pris les allures indépendantes et le langage pittoresque... avec une facilité prodigieuse.

MAURICE, s'asseyant sur la table.

Il en est d'elle comme de moi... Consignée à la porte du monde réel, elle s'est jetée dans le demi-monde...

GILBERT.

Tu veux dire dans le quart de monde.

MAURICE.

Le moyen de faire autrement ?

GILBERT.

Le moyen était simple... Quand les honnêtes gens croient devoir lui tourner les talons, une femme qui a encore quelque dignité s'enferme chez elle et tâche du moins de se faire oublier.

MAURICE.

Chez elle ! Tu es bon, toi ! Qu'est-ce que tu appelles un chez soi ? Cette maison, qui n'est pas la sienne, cette maison, qui est un toit, un abri, mais qui n'est pas un foyer... car, ce qui constitue le foyer, c'est la famille, les enfants...

GILBERT.

C'est encore vrai.

MAURICE, se levant.

Alors, la vie sédentaire étant impossible, on se fait une existence, sinon heureuse, du moins turbulente, agitée, fiévreuse, qui vous emporte dans son tourbillon et ne vous laisse pas le temps de penser. (Il se rassied.)

GILBERT.

Tout cela est parfaitement exact, et tu en conclus ?...

MAURICE.

J'en conclus que la vie que nous menons est la seule qui nous soit permise, et je te défie de me prouver le contraire.

GILBERT, se levant et lui serrant la main.

Mon cher ami, je te suis bien reconnaissant... J'étais venu t'administrer mon petit sermon... hebdomadaire... tu viens de me l'épargner.

MAURICE.

Moi ?

GILBERT.

Je ne trouverai jamais de meilleurs arguments contre toi que ceux que tu m'as fournis toi-même, en croyant te défendre... A propos, y a-t-il longtemps que tu n'as vu ta fille ?

MAURICE, se levant et passant.*

Tu as donc juré de me faire damner aujourd'hui? Tu sais bien que, depuis la scène de l'an dernier, Jeanne est furieuse, et tu conviendras...

GILBERT.

Ah çà! est-ce que tu vas accuser ta fille et défendre... la femme Baudoin?

MAURICE.

Mais je n'accuse ni ne défends personne! Mon Dieu!... Jeanne se considère comme ma femme, et c'est une marâtre, voilà tout.

GILBERT.

Plaît-il?

MAURICE.

Eh bien, quoi?... Le mot est dans le dictionnaire, et ce n'est pas pour elle qu'on l'a inventé.

GILBERT.

Mais, dans le dictionnaire, on trouve aussi escroc, voleur... Seulement, ces messieurs-là, on les envoie en prison; et ces dames-là, quand on a du cœur, on les... on les met à la porte.

MAURICE.

Ah!

GILBERT.

Oh! tu as beau faire... Je n'admets pas cette phrase banale qui dit que l'amour est aveugle. Les honnêtes gens ne peuvent fonder leur tendresse que sur l'estime; et ceux qui peuvent aimer une femme qu'ils méprisent, ceux-là ne sont pas loin d'être méprisables à leur tour.

MAURICE.

Tu parles de tout cela bien à ton aise; je voudrais t'y voir, toi.

GILBERT, s'appuyant sur son épaule.

Mais tu l'aimes donc bien, cette maudite femme?

MAURICE.

Ce n'est plus de l'amour... c'est... de l'habitude... Puis, elle m'a si souvent menacé de me quitter, que je n'ai presque jamais eu le loisir de l'initiative...

GILBERT.

Il fallait la prendre au mot.

MAURICE.

On n'aime jamais à recevoir son congé... Enfin, elle m'a brouillé avec ma famille, avec mes amis, avec tout le monde, et ces choses-là... (Il hésite.)

GILBERT.

Ça vous attache un homme, pas vrai?...

---

* Gilbert, Maurice.

MAURICE.

Je serais tenté de le croire !

GILBERT.

Pauvre garçon ! Toi que j'ai connu si bon, si honnête, te voir ainsi déchu, te voir ainsi tout sacrifier, et pour qui ?... Pour une femme qui te trompe, pour une femme entretenue.

MAURICE. *

Elle me trompe !... D'abord, cela ne m'a jamais été prouvé.

GILBERT.

Parbleu, tu ne veux pas qu'on te convainque.

MAURICE.

Quant à l'épithète que tu viens d'employer, elle n'est pas motivée... Jeanne a de la fortune.

GILBERT.

Oui, trois ou quatre mille livres de rente...

MAURICE.

Mieux que ça... elle a hérité récemment d'une de ses tantes.

GILBERT.

Est-ce que tu l'as jamais connue, cette tante-là ?

MAURICE.

Non, mais...

GILBERT.

Moi, je la connais... c'est la comtesse de l'anse du panier !

MAURICE.

Gilbert !

GILBERT.

Enfin, je lui accorde six mille francs... et elle t'en coûte par an cinquante mille... c'est donc un huitième de...

SCÈNE II.

LES MÊMES, JEANNE. **

JEANNE, entrant de gauche, un journal à la main.

Mon cher ami, je viens t'apprendre une nouvelle... Ah ! vous êtes là, monsieur Gilbert ?...

GILBERT.

Oui, madame, j'ai opéré une de ces rentrées par la fenêtre dont je vous ai prévenue... Est-ce que ma présence vous gêne ?

JEANNE.

Nullement, monsieur ; c'est moi qui suis désolée de vous avoir dérangé.

GILBERT.

Mais vous ne me dérangez pas du tout.

* Maurice, Gilbert.
** Jeanne, Maurice, Gilbert.

JEANNE.

Comment ! vous n'étiez donc pas en train de dire du mal de
moi ?

GILBERT.

Pardonnez-moi, madame ; mais votre présence ne m'empê-
chera pas de continuer.

JEANNE.

Ah ! vous me rassurez. Je craignais d'avoir été indiscrète ; où
en étiez-vous ?

(Elle s'appuie au bras de Maurice.)

GILBERT.

Je venais de prêcher dans le désert, comme de coutume ; et,
malgré le peu de sympathie que j'ai pour vous, (il salue) j'allais
en venir à regretter que vous ne fussiez pas libre.

JEANNE.

Ah ! pourquoi ?

GILBERT.

Parce que le mariage fait pardonner bien des choses... Il ef-
face le passé, il légitime le présent, il devient la garantie de
l'avenir ; en passant par la porte de la mairie, on peut rentrer
dans le monde ; or, s'il vous était permis d'épouser Maurice,
tout ici changerait de face, et au point où en sont les choses,
ce serait... relativement, fort heureux. Car il pourrait redeve-
nir, sinon un bon fils, (regardant Jeanne) puisque sa mère n'est
plus ; (Jeanne quitte le bras de Maurice) du moins un bon père, un
artiste, un homme sérieux.

JEANNE, passant. *

Ainsi, monsieur, vous le reconnaissez, tout serait effacé... Repos, bonheur, considération, tout serait retrouvé, reconquis ?

GILBERT.

Oui, mais il faudrait pour cela que monsieur Baudoin...

JEANNE.

Il faudrait que monsieur Baudoin eût cessé d'être un obstacle à ce beau rêve ?... Eh bien ! monsieur, lisez... et soyez satisfait.

(Elle lui montre un journal.)

MAURICE, à part, un peu inquiet.

Que dit-elle ?

GILBERT.

Ah mais, dites donc, pas de mauvaise plaisanterie, s'il
vous plaît !

JEANNE.

Mais rien n'est plus sérieux... J'apprends à l'instant que le
Labrador, dont on n'avait plus de nouvelles, a péri corps et
biens dans un naufrage. (Elle donne le journal à Maurice.) De sorte
que je suis veuve. (A Gilbert.) Eh bien ! monsieur, vous ne dites

* Maurice, Jeanne, Gilbert.

rien ; cet événement doit pourtant combler tous vos vœux. Cette position qui faisait votre désespoir et l'objet quotidien de votre éloquence, cette position va cesser bientôt ; et cette fois, du moins, nous nous ferons un véritable plaisir d'appliquer vos sages leçons. Mais parlez donc, monsieur Gilbert, mais laissez donc éclater librement votre joie... entre amis !...

GILBERT.

Il est certain que je ne prévoyais pas... et que je suis ravi...

JEANNE.

Oh ! vous ne dites pas bien ça !

GILBERT, à part.

Ah ! je me suis enferré.

(Maurice est remonté en lisant le journal ; puis, il s'est assis à la table, la tête appuyée sur sa main. Il semble réfléchir.)

JEANNE.

Mais je comprends... cette nouvelle si brusque et si imprévue vous a un peu abasourdi, et vous n'avez pas encore eu le temps d'en apprécier les heureux résultats... Nous vous laissons, cher monsieur Gilbert, afin que vous repreniez un peu vos esprits ; et dans quelques mois, nous vous prierons de vouloir bien être, à la mairie, le témoin d'un mariage dont vous aurez été le premier artisan... Nous, Maurice, (il se lève) nous allons faire part à ta famille de la nouvelle position qui nous est permise, et lui dire qu'elle pourra figurer sans scrupule à notre bal de l'an prochain... A bientôt, cher monsieur Gilbert, à bientôt.

(Elle sort par la gauche avec Maurice.)

SCÈNE III.

GILBERT, seul.

(Un temps de silence. — Jeu de scène.)

Ah ! il n'y a pas à dire, je me suis enferré... Il est certain que l'état de mariage est encore préférable à la position présente, mais j'aurais mieux aimé un autre dénoûment... C'est une jolie petite femme qu'il aurait là... Et puis, quoi que j'en aie dit, quand je croyais faire seulement de la théorie, ce mariage-là ne serait jamais qu'un coup d'éponge qui ne vaudra jamais une bonne rupture... Au diable le replâtrage et les demi-moyens !... Je ne dois pas laisser escamoter Maurice à perpétuité par ce Robert-Houdin en jupons !... Il faut à tout prix... mais quel argument, quel moyen employer, maintenant que j'ai eu la sottise... Ah ! comme je me souffletterais avec plaisir, si je ne craignais pas de me manquer de respect !

SCÈNE IV.

GILBERT, EDGARD. *

EDGARD, entrant tout essoufflé.

Monsieur Vernon n'est pas là?... madame Baudoin n'est
pas là?

GILBERT.

Vous le voyez bien; mais d'où vient cet air effaré?

EDGARD.

Ah! mon cher ami, une chaise, un pliant... j'ai tant couru...
Les passants ont dû me prendre pour un cheval échappé, pour
une avalanche en congé!...

(Il s'assied.)

GILBERT.

Et pourquoi cette course échevelée?

EDGARD.

Ah! c'est tout un poëme, tout un drame. Figurez-vous que
tout à l'heure j'entre au café des Variétés, pour lire le *Fi-
garo*... (Un charmant journal, quand c'est aux autres qu'il s'en
prend...) Je le vois aux mains d'un monsieur dont il me déro-
bait le visage. (Se levant.) « Monsieur, lui dis-je.—Monsieur?...
répond-il, en se démasquant et en portant à ses lèvres un grand
verre d'absinthe... sans eau. — Seriez-vous assez bon, quand
vous aurez fini, pour me... » Mais la parole expire dans mon
gosier... mes cheveux se dressent d'horreur sur ma tête...

GILBERT.

Comme au fils d'Anchise, dans l'*Enéide*.

EDGARD.

Non, ce n'était pas le fils d'Anchise... mais le fils de monsieur Baudoin...

GILBERT.

Hein?...

EDGARD.

Pierre Baudoin...

GILBERT.

Plaît-il?

EDGARD.

Enfin, le mari de madame Baudoin!

GILBERT.

Il se pourrait!... Mais êtes-vous bien sûr?...

EDGARD.

Si j'en suis sûr?... Mais je n'en connais pas d'autres, mais
nous avons été ensemble au collége, où je faisais toujours ses
pensums, et où je lui rapportais du cassis, les jours de sortie.

* Gilbert, Edgard.

GILBERT.

Vous avez peut-être été la dupe d'une erreur, d'une ressemblance ?

EDGARD.

Une ressemblance!... Mais je lui ai parlé... mais il m'a parlé...

GILBERT.

Ah çà ! il n'est donc pas mort ?

EDGARD, naïvement.

C'est ce que je lui ai demandé ; il m'a raconté qu'en effet le *Labrador* avait fait naufrage, mais que lui était parvenu à se sauver... Je l'ai quitté sous un prétexte au beau milieu de son récit, et je suis accouru ici pour donner l'alarme !

GILBERT, lui serrant le bras avec énergie.

Et vous êtes bien sûr de tout cela, (le secouant) mon cher Edgard?

EDGARD, cherchant à se dégager.

Sans doute... Mais vous me...

GILBERT, même jeu.

Vous êtes prêt à me jurer sur l'honneur que c'est la vérité ?

EDGARD.

Je vous le jure!... Mais... mais lâchez-moi donc !... vous allez me casser !...

GILBERT.

Edgard, si jamais vous avez besoin d'un ami dévoué, je continue à demeurer rue des Bons-Enfants, vingt-quatre, et j'y serai toujours pour vous, mon bon, mon cher Edgard... Ah ! si j'avais la vue basse, je crois que je vous embrasserais!...

EDGARD.

Ah çà ! êtes-vous fou ?

GILBERT.

Vous voyez bien que non, puisque je me retiens.

EDGARD.

Mais vous avez l'air enchanté.

GILBERT.

Ça vient de ce que je le suis en effet.

EDGARD.

Mais, malheureux, vous oubliez les dangers de Jeanne, le chagrin qu'elle va éprouver...

GILBERT.

De revoir son mari?... Ah ! ce serait bien mal.

EDGARD.

Pauvre femme !... après la conduite abominable...

GILBERT.

Ah çà ! vous en êtes donc toujours coiffé, mon pauvre Edgard?

EDGARD.

Dame !... vous savez, un premier amour... Et puis, elle est si séduisante, la magicienne !

GILBERT.

Edgard, je vous dois de la reconnaissance... Je vais payer ma dette à l'instant... Mon cher ami, vous êtes un aveugle, une dupe, un jobard !

EDGARD.

Permettez, cher ami, permettez, je...

GILBERT.

Depuis qu'elle vous connaît, madame Baudoin se moque de vous... Elle trouve que vous manquez complétement d'esprit, de grâce et de beauté.

EDGARD.

Oh ! c'est impossible !

GILBERT.

Mais avez-vous donc oublié ses tendresses quand Maurice est là, ses rebuffades dès qu'il n'y est plus ?...

EDGARD.

C'est vrai !... mais quel peut être le but de ce manége ?...

GILBERT.

De concentrer sur vous les soupçons que Maurice peut avoir !

EDGARD.

Oui, vous devez avoir raison !... Et dire que je ne m'étais jamais douté... Oh ! je suis furieux ! * Mais ça ne se passera pas comme ça !... par mes aïeux, je me vengerai !...

GILBERT.

Le ferez-vous réellement ?

EDGARD.

Mais le plus tôt possible, dès que j'aurai trouvé...

GILBERT.

Oh ! ça pourrait durer longtemps... Voulez-vous suivre mes conseils aveuglément ?

EDGARD.

Oui, pourvu que la vengeance soit à la hauteur d'un tel affront !...

GILBERT.

Elle sera complète, et d'une exécution tout à fait dans vos moyens.

EDGARD.

Ça ne sera pas difficile ?

GILBERT.

Puisque je vous dis : dans l'étendue de vos moyens.

EDGARD.

Parlez, que faut-il que je fasse ?

GILBERT.

Il s'agit tout simplement... Mais comme je n'ai pas de temps à perdre, je vous expliquerai la chose en route... Venez ! (Revenant sur ses pas.) Ah ! j'oubliais...(Appelant.) Maurice ! Maurice !

* Edgard, Gilbert.

(A Edgard.*) Allez toujours, je vous suis. (Edgard sort.) Maurice!...

MAURICE, entrant de gauche. **

Qu'y a-t-il donc?

GILBERT.

Il y a, mon bon ami, que tu peux décommander ton habit de noce: le sieur Baudoin vit encore! (Jeanne paraît à gauche.)

MAURICE.

Baudoin!

JEANNE.

Mon mari!...

GILBERT, à Jeanne.***

Lui-même... Je vous dirai, de plus, qu'il est ici, à Paris, et que si vous ne voulez l'avoir bientôt sur les talons, je vous conseille de quitter cette maison, et vivement!

JEANNE.

Cela n'est pas sérieux, n'est-ce pas? c'est un piége, une épreuve!

GILBERT.

Madame, je vous jure sur mon honneur que monsieur de Bellevue vient de le voir et de lui parler, il y a cinq minutes... et cela peut, je crois, donner le droit de supposer que monsieur Baudoin n'est pas mort. (A part.) Mais comme il pourrait mourir, en avant les grands moyens. (Haut.) Au revoir, mes bons amis, au revoir et à bientôt!

SCÈNE V.

JEANNE, MAURICE.

JEANNE.

Ah! c'est un coup de foudre!... Oh! n'importe, je ne céderai pas! (Elle passe.****)

MAURICE.

Mais que faire?...

JEANNE.

Maurice, tâchons de ne pas perdre la tête. Les moments sont comptés, et nous n'avons qu'un parti à prendre, c'est de fuir à l'instant.

MAURICE.

Y penses-tu?

JEANNE.

C'est le seul moyen, te dis-je, et si tu m'aimes!...

MAURICE.

Tu ne peux en douter, mais...

* Gilbert, Edgard.
** Maurice, Gilbert.
*** Jeanne, Maurice, Gilbert.
**** Maurice, Jeanne.

JEANNE.

Quoi?... tout ce que nous possédons peut être réalisé en quelques heures... d'ailleurs, tes pinceaux nous feront partout une fortune indépendante. Qui peut t'arrêter?

MAURICE.

Quitter pour toujours la France, mes amis... abandonner ma fille, envers qui j'ai déjà été si coupable...

JEANNE.

Quoi! vous hésitez?...

MAURICE.

C'est un sacrifice au-dessus de mes forces... et je refuse.

JEANNE.

J'ai mal entendu, n'est-ce pas?... Quand tu m'as dit: Quitte la France et viens en Italie ; puis, quand tu m'as dit encore : Quitte ta mère, renonce à ton honneur, à ta réputation... est-ce que je ne t'ai pas obéi, moi?... Et faudra-t-il que je vous dise : Maurice, ce n'est plus un bon mouvement que je vous demande, c'est une dette que je vous somme de payer!...

MAURICE.

Eh bien, oui... je comprends que je n'ai le droit de vous rien refuser... mais il est un supplice qui m'obsède, ici, et que je ne veux pas emporter à l'étranger.

JEANNE.

Que voulez-vous dire?...

MAURICE.

Ce supplice, c'est le soupçon, c'est le doute; donnez-moi la conviction que vous ne m'avez jamais trompé... et je pars... sinon...

JEANNE.

Encore cette injure ?

MAURICE.

Vous savez bien que ces idées-là, ce n'est pas à moi qu'elles sont venues; on me les a suggérées, et c'est à vous de les détruire.

JEANNE.

Si vous voulez que j'essaye de vous convaincre, il faut au moins me dire qui vous soupçonnez.

MAURICE.

Mon Dieu, madame, je suis honteux pour vous et pour moi d'avoir à vous nommer un personnage ridicule... mais il vous est si difficile de cacher vos sentiments pour monsieur de Bellevue...

JEANNE.

Monsieur de Bellevue?... Ce n'est pas très-flatteur pour moi...

MAURICE.

Les femmes sont si étranges !

JEANNE.

Mais comment voulez-vous que je puisse vous prouver...

MAURICE.

Il est une imprudence que presque toutes les femmes commettent et commettront toujours, celle de garder des lettres, et je vous en ai vu cacher dans un coffret.

JEANNE.

Oh ! je ne le nie pas. Il est dans ces lettres de douces paroles qui ont pu flatter ma vanité, et j'avoue que j'ai la faiblesse de les conserver.

MAURICE.

Eh bien ! ces lettres, montrez-les-moi.

JEANNE.

Elles sont bien innocentes, allez.

MAURICE, insistant.

Montrez-les-moi.

JEANNE.

Vous l'exigez ?

MAURICE, de même.

Je vous en prie.

JEANNE.

C'est qu'en vérité...

MAURICE.

Ah ! cette hésitation...

JEANNE.

Eh bien ! vous serez satisfait. (Elle sonne. *) Justine, mon petit coffret en chêne ; vous savez, celui où je garde mes lettres.

(Justine sort.)

MAURICE, avec hésitation.

Mais cette fille vous est dévouée, et elle peut...

JEANNE.

Voici la clef. (Moment de silence, elle s'assied.)

MAURICE.

Vous êtes émue, Jeanne, vous tremblez.

JEANNE.

Je ne m'en défends pas.

MAURICE.

Songez qu'un aveu sincère pourrait encore me désarmer, tandis qu'une preuve surprise par moi...

(Justine revient avec le coffret.)

JEANNE.

Il n'est plus temps, monsieur. (A Justine.) C'est bien, laissez-nous. (Elle s'avance lentement vers le coffret qui est sur la table, et l'ouvre. Maurice y jette un coup d'œil involontaire et sourit avec ironie. Jeanne a surpris son mouvement.) Oui, j'ai beaucoup de lettres... Dame ! une coquette est exposée à cela... et je conviens que je suis assez coquette.

* Jeanne, Maurice.

MAURICE.

Mais vous ne...

JEANNE.

C'est juste... Monsieur de Bellevue... (Cherchant.) Ah ! voici,
je crois, une lettre... datée d'hier.

MAURICE, regardant la lettre.

En effet...

JEANNE.

Eh bien ! lisez... (Elle s'assied.)

MAURICE, hésitant.

Vous ne m'en voudrez pas trop, Jeanne ?

JEANNE.

Si vous ne m'aimiez pas, vous ne seriez pas jaloux... Allons...

MAURICE.

Non !... je...

JEANNE.

Maintenant, c'est moi qui l'exige !

MAURICE, lisant.

« Il ne sortira donc jamais de votre âme, ce secret qu'ont
trahi vos yeux... Oui, madame, j'ai le droit de parler ainsi...
car vous ne pouvez nier les encouragements que vos regards
m'ont souvent donnés... » (Mouvement de Maurice.)

JEANNE.

Continuez.

MAURICE, lisant.

« Mais cet espoir si cher à mon cœur, pourquoi faut-il que
j'y renonce dès que je suis seul avec vous ?... »

JEANNE.

Eh bien ! vilain jaloux ?...

MAURICE.

Jeanne !...

JEANNE.

Mais, voyons, n'avez-vous jamais eu d'autres soupçons que
celui-là ?... Parlez franchement... et profitons de ce que nous
y sommes pour en finir une bonne fois... Eh bien ?

MAURICE.

Moi, Jeanne, vous savez bien que je ne vous ai jamais soup-
çonnée.. Ce sont mes amis qui me montaient la tête contre
Édgard... contre...

JEANNE.

Achevez...

MAURICE.

Contre ce jeune homme qui est parti dernièrement pour
l'Afrique.

JEANNE.

Monsieur de Fromont ?

MAURICE.

Monsieur de Fromont...

JEANNE.

Voici justement la lettre qu'il m'écrivait le jour de son départ. Tenez !

MAURICE, après avoir parcouru la lettre.

Quoi ! ce départ... ce sont vos rigueurs qui l'ont motivé ?...

JEANNE.

Je ne le lui fais pas dire. Voyons, s'il vous reste encore quelques doutes, voici des lettres de monsieur de Grandville...

MAURICE.

Oh ! quant à celui-là... (Il s'éloigne de quelques pas.)

JEANNE, allant vers lui et lui tendant les lettres.

Pourtant, si vous voulez savoir au juste...

MAURICE.

Oh ! c'est assez, Jeanne, c'est trop. (Jeanne remet les lettres dans le coffret, avec un rire muet ; elle fait un mouvement pour reprendre le coffret, mais elle se contente de le fermer et d'en ôter la clef.)

MAURICE.

Tu ne m'en veux pas trop de mes soupçons ?

JEANNE.

Est-ce que je puis t'en vouloir de quelque chose ?... D'ailleurs, je n'en ai pas le temps ; nous n'avons plus une minute à perdre. Je vais faire mes préparatifs de départ. Toi, de ton côté...

MAURICE.

Tu peux être tranquille, je serai prêt avant toi.

JEANNE.

A bientôt, Maurice.

MAURICE.

A tout à l'heure. (Jeanne sort.)

SCÈNE VI.

MAURICE, puis GILBERT.

MAURICE.

Elle a raison ; le plus tôt sera le meilleur. De cette façon, on n'a pas le temps de réfléchir. Allons ! faisons nos malles. (Il tire une malle d'un vieux bahut, la pose sur la table et commence à la déboucler.)

GILBERT, entrant. *

Que diable fais-tu donc là ?...

MAURICE.

Nous partons.

GILBERT.

Comment ! toi aussi ?

MAURICE.

Je ne puis l'abandonner dans un pareil moment.

* Maurice, Gilbert.

GILBERT.

Alors je n'ai plus qu'à te souhaiter un bon voyage.

MAURICE.

Merci, Gilbert, merci.

GILBERT.

Bien du plaisir. (Il remonte. — S'arrêtant au fond.) A propos, j'ai une nouvelle à t'apprendre.

MAURICE, continuant à défaire les courroies de sa malle.

Laquelle ?

GILBERT, s'asseyant.

Oh ! un détail assez insignifiant. Je sors de la pension de ta fille, à qui j'allais donner sa leçon de piano... et là j'ai appris qu'elle était partie.

MAURICE.

Partie ! pour où ?

GILBERT.

Je n'en sais rien ; il paraît qu'elle s'est laissée enlever.

MAURICE.

Enlevée ! ma fille ?

GILBERT, se levant.

Ce n'est pas à elle qu'il faut s'en prendre. Tu comprends que, privée d'appui, de conseils et d'affection, elle devait finir par là tôt ou tard, et que, le vrai coupable, c'est toi.

MAURICE.

Oh ! malheureux !... Mais quel est le misérable ?...

GILBERT.

Ce misérable est un de tes amis.

MAURICE.

Oh ! son nom, Gilbert, son nom ?

GILBERT.

Que t'importe !

MAURICE.

Tu oublies que tu parles à un père ?

GILBERT.

Toi ? un père ? ne dis donc pas de bêtises, hein ?

MAURICE.

As-tu donc cru que je laisserais impunie...

GILBERT.

Un duel ? Ah ! ça t'avancerait bien !... D'ailleurs, ce don Juan, ce Lovelace est un honnête homme.

MAURICE, avec ironie.

Un honnête homme !

GILBERT.

Mais oui, et c'est justement pour cela qu'il s'es conduit comme un sacripant. Il aura compris qu'isolée, abandonnée comme elle l'était, avec une âme tendre et aimante comme la sienne, ta fille donnerait tout son cœur au premier venu qui lui témoignerait de la tendresse, et il a voulu que ce premier venu ce fût lui.

MAURICE, avec joie.

Ah ! je comprends tout, il l'a perdue pour la sauver, pour en faire sa femme...

GILBERT.

En effet ; mais il ne l'épousera qu'à une condition.

MAURICE.

Parle !

GILBERT.

Ce brave garçon peut mourir du jour au lendemain, et comme ta fille retomberait alors dans le même danger, il faut absolument...

MAURICE.

Quoi ?

GILBERT va à la porte de gauche, fait semblant d'y prendre Jeanne par la main, de la conduire à la porte du fond, et de l'y saluer en signe de congé. *

Voilà ! sinon, tu pourras le tuer, mais ce sera tout.

MAURICE, tombant assis à droite.

Oh ! ma fille, ma fille !

(Silence.)

GILBERT.

Eh bien ?

MAURICE, se levant, et rapidement.

Gilbert, je te prends toi-même pour juge ! Tantôt, quand elle a su le retour de son mari, Jeanne m'a proposé de fuir avec moi à l'étranger, pour toujours. Je doutais de son amour, et j'hésitais... mais elle m'a donné de telles preuves, que j'ai dû me rendre à l'évidence... Mais laissons cela... Ma fille ! ma fille !...

GILBERT.

Elle t'a donné des preuves ? lesquelles ?

MAURICE.

Des lettres de monsieur de Bellevue, de monsieur de Fromont... mais...

GILBERT.

Fort bien ; mais elle ne t'en a pas montré de monsieur de Grandville.

MAURICE, vivement.

Elle m'en a offert, elle me les a tendues...

GILBERT.

Il faut qu'elle ait un rude aplomb, et toi tu les as repoussées ?

MAURICE.

Après une pareille épreuve... Eh ! tiens, elle n'a pas même emporté ce coffret, dans lequel sont ses lettres. **

---

* Gilbert, Maurice.
** Maurice, Gilbert.

GILBERT, y courant.

Non, mais elle en a retiré la clef.

(Il secoue le coffret de toute sa force.)

MAURICE.

Que fais-tu donc ?

GILBERT, qui a fait sauter le couvercle du coffret.

Je te sauve... avec effraction. Tiens ! lis ! imb... pauvre ami.

MAURICE, lisant.

Se peut-il ! et elle a eu l'audace...

GILBERT.

C'était de l'audace, sans doute ; mais c'était surtout du bien joué ; et la preuve, c'est que, sans moi...

MAURICE.

L'infâme !... (Il laisse tomber la lettre avec dégoût.) Mais je vais...

(Il se dirige vers l'appartement de Jeanne.)

GILBERT, apercevant Justine qui entre. *

C'est inutile. (A Justine.) Qu'est-ce qu'il vous faut, ma mignonne ?

JUSTINE.

Je venais reprendre un coffret que madame...

GILBERT.

Ah ! oui, le coffret... le petit coffret. (Prenant le couvercle du coffret et le remettant à Justine.) Vous remettrez à madame Baudoin, ceci... (Y ajoutant la lettre qu'il ramasse.) Puis, ceci... Elle est femme d'esprit, cela lui suffira pour comprendre.

JUSTINE.

Mais, monsieur...

MAURICE.

Allez !

(Elle sort.)

GILBERT. **

Enfin ! maintenant que je suis sûr de toi...

(Il va faire un signe à la fenêtre.)

MAURICE.

Oh ! maintenant, il faut à tout prix que je découvre et que je répare...

GILBERT.

Ce sera facile, et tu n'auras pas besoin d'aller bien loin.

MAURICE.

Que veux-tu dire ?...

* Justine, Gilbert, Maurice.
** Maurice, Gilbert.

GILBERT.

Je veux dire que le séducteur en question...

MAURICE.

Eh bien ?...

GILBERT.

C'est moi.

MAURICE.

Toi ?...

GILBERT.

Moi ! (Mouvement de Maurice.) Mais crois-tu que ta fille, que j'aime... j'aurais voulu même la compromettre ? Elle est en bas, dans une voiture, avec ta sœur, attendant le signal espéré. (Marie paraît au fond.) Eh ! tiens ! la voilà !

MAURICE.

Marie !...

SCÈNE VII.

LES MÊMES, MARIE.

MARIE, au fond.

Je puis donc entrer ?

GILBERT.

Oui, madame Gilbert, et sans crainte.

MAURICE, lui tendant les bras. *

Marie ! ma fille !...

MARIE.

Mon père !

SCÈNE VIII.

LES MÊMES, EDGARD, puis JEANNE, puis M. BAUDOIN.

EDGARD, entrant. **

Monsieur Baudoin monte l'escalier !...

JEANNE, à la porte de gauche. ***

Mon mari !

(Gilbert se frotte les mains.)

JEANNE, le prenant à part et tâchant de faire bonne contenance.

Vous êtes content, monsieur Gilbert ?

---

* Gilbert, Marie, Maurice.
** Jeanne, Gilbert, Maurice, Marie.
*** Jeanne, Gilbert, Edgard, M. Baudoin.

GILBERT.

Ah ! oui ! ah ! oui ! par exemple !

JEANNE.

Vous oubliez que je suis assez riche pour racheter ma liberté de cet homme. Quant à Maurice, je le retrouverai...

GILBERT.

Ne l'espérez pas, madame, il a fait son temps !

EDGARD, annonçant.

Monsieur Baudoin !...

(Le rideau baisse.)

(Maurice est à droite avec sa fille, Gilbert au milieu ; Jeanne à gauche et
Edgard dans le fond.)

FIN

Paris. — IMP. DE LA LIBRAIRIE NOUVELLE. — A. Delcambre, 15, rue Breda.